でーれーガールズ

原田マハ

祥伝社文庫

目次

＃1

鮎子《あゆこ》の恋人

拝啓

突然のお便り、失礼いたします。

私は、あなたさまの母校、岡山白鷺《しらさぎ》女子高校で国語教師を務めております荻原《おぎわら》と申します。このたび、本校が創立百二十周年の節目を迎えるにあたり、記念事業実行委員として、このお手紙をしたためております。

ご活躍、いつもまぶしく拝見しております。あなたさまは、本校の卒業生の中でも白《はく》眉《び》のご出世をなされ、いまや本校全在学生の憧れの人気マンガ家であられます。そんなあなたさまに、ぜひとも、創立記念事業の一環として、記念講演の栄誉を賜《たまわ》りたく、ここにご依頼申し上げます。

まずは本件をお引き受けいただけるか否か、お返事をいただきたく存じます。詳細は添付の書類にてご確認くださいませ。

また、あなたさまの同窓生の皆さまも、この機会に同窓会を開こうと検討されているようでございます。その件につきましては、同窓生の南原《なんばら》みずのさん（旧姓篠山《しのやま》さん）

から直接ご連絡さしあげたいとのことです。

本校職員、在学生、同窓生、そして恩師中谷純一《なかたにじゅんいち》先生（本校はすでにご退職）、一同首を長くして、ご来岡《らいこう》をお待ち申し上げております。

何卒ご検討のほど、よろしくお願い申し上げます。

かしこ

佐々岡鮎子《ささおかあゆこ》様（小日向《こひなた》アユコ先生）

岡山白鷺女子高等学校

創立百二十周年記念事業実行委員会　実行委員　荻原一子《かずこ》

最近、美容室に行って、大きな鏡の前に座らされると、まともに自分の顔を見ることができない。

理由は、単純。シミとシワが増えた顔と、はたちそこそこの美容師見習の男の子、あずみ君の顔を、並べて眺めたくないからだ。

二十代の頃から、ずっと通っている渋谷《しぶや》の路地裏にある美容室。オーナーでスタイリス

ト の高畑《たかはた》さんは、私よりひとつ年下の四十四歳だ。年代が近いから、昔の話が合う。子供の頃に見たアニメの主題歌とか、昔のマンガの話とか。そんな話題で盛り上がっているのも、なんだか空《むな》しいんだけど。

「きれいに仕上がりましたよ。後ろもほら、ちょっと肩にかかるくらいの長さで、色っぽいでしょ?」

カットがひととおり終わると、高畑さんは私の背中に手鏡をかざして、大きな鏡の中に映った後ろ姿を見るように促《うなが》す。私は、「あ、ほんとだ」と相槌《あいづち》を打ちながら、色っぽいなんて言われてもなあ……と、心中照れる。きっと、四十代の女性には、このひと言はキラーワードなはずだ。高畑さんは心得て、毎度「色っぽいでしょ?」と言う。そう問われれば、流れのままに「うん、そうね」と返さざるを得ない。

十月初旬のその日、一か月ぶりに美容室を訪ねた。

「同窓会なんですか? 楽しみですね」

カラーの準備をしながら、あずみ君がすかさず声をかけてきた。さっき、高畑さんとスタイリングの相談のときに、「ひさしぶりに同窓会があるんですよ」と話していたのを耳にしたようだ。

「うん、そうなの。岡山の女子高時代のね。なんと二十七年ぶりで……」

そこまで言って、はっとした。「二十七年ぶり」って、あずみ君の人生よりも長い。

「そうなんですか。積もる話がありそうですね」

女性客に年齢の話題は禁句。あずみ君は、こんなに若くてもスタイリストの会話術をすでに習得しつつある。

「アユコ先生、いつもきれいだけど、今日はもっときれいに仕上げなくちゃですね」

お世辞とわかっていても、ぐっとくる。そりゃあ高畑さんもすてきだけど、やっぱりはちきれそうな若さにはかなわない。

別にこの子をどうこうしたい、ってわけじゃない。見てるだけでも十分なの。

「せっかくだからイメージチェンジしようかな、って思って。ばっさり、いっちゃおうかな、と」

二の腕まで伸びた茶髪を揺らして、そう言ってみた。あずみ君は「いいっすねえ」と、楽しそうに返す。

「じゃ、このまま時間おいてからシャンプーしますね。あ、雑誌、いまお持ちします」

そう言ってあずみ君が運んできた雑誌は、「サライ」だった。

る。

そんなこんなで、いま私は、東京二十時三十分発の新幹線最終便で岡山に向かってい

窓を流れるきらびやかなネオンやビルいっぱいに点《とも》った光の中に、徹夜明けのげっそりした顔が浮かび上がる。ほんとに一気に老《ふ》けた感じだ。締切りまえにもかかわらず、きのう、どうにか時間を作って駆けこんだ美容室で、あずみ君に「サライ」を差し出されるのも無理はない。思い切って短く切った髪も、いっそババ臭く感じてしまう。

読み切り五十ページの原稿を締切りぎりぎりで入稿した。そのまま、メイクもろくにせず、キャリーケースにワンピースや下着をでたらめに突っこんで飛び出した。同窓会は明日土曜日午後一時からだったが、午前中に訪れておきたい場所があった。だから、どうしても最終便に間に合いたかったのだ。

二十七年まえに卒業してそれっきりだった岡山白鷺女子高校から講演の依頼がきたのは、この春のこと。「岡山白鷺女子高等学校創立百二十周年記念事業実行委員会実行委員」という、どうしようもなく長い肩書の国語教師・荻原一子さんから、一通の手紙が送られてきた。

本校創立百二十周年記念事業として、全在学生の憧れであられる人気マンガ家・小日向

アユ先生にぜひともご講演の栄誉を賜りたく……と、ものすごい達筆だった。達筆にも驚かされたが、そのほかにもみっつのことで驚かされた。ひとつは、母校が百二十周年を迎えるということ。そんなに歴史があるとは知らなかった。ふたつめは、「全在学生の憧れであられる人気マンガ家」と私を持ち上げていること。在学中は「マンガなんて読むと受験勉強がおろそかになります！」と厳しく校則で縛られて、マンガ持ちこみ即没収だったのに。そしてみっつめは、この私なんぞに講演を依頼してきたこと。

人前に出ると異様にしどろもどろになる私にとって、マンガ家になれたことは福音だった。引きこもって原稿に向かっていればいいんだから。そんな私に講演会などやってのけられるはずがない。

速攻で断るつもりが、ふと、達筆の手紙の追伸に書かれていたひと言に目が留まった。

追伸　アユたんのデビュー作「でーれーガールズ」が、私の人生最良の作品です。

即座に私は、このいかにも身持ちの堅そうな国語女教師・荻原一子が、私の古い読者であることを悟った。

老舗《しにせ》の少女マンガ誌「別冊お花畑」（通称ベッパナ）の新人賞に佳作ですべりこみ、慈《じ》悲《ひ》深い編集長のお情けでデビューしたのは、短大二年生、二十歳のときだった。その作品「でーれーガールズ」は、いま思うと恥ずかしいことこの上ない乙女ちっくラブストーリーだ。岡山弁をからめたタイトルに、内容も若気のいたりそのもの。なかったことにしてくださいっ！　と、誰にともなく嘆願したくなってしまう。その作品を「人生最良」と言ったうえに、私のデビュー当時のニックネーム「アユたん」をさりげなく使うとは。イタいところをつかれてしまった。この人からは逃《のが》れられない、という予感がした。それでも返事をなかなか出さずにいたところ、同級生だった篠山みずのから手紙が舞いこんだ。

ひさしぶり！　元気ですか。シラサギの同窓会事務局に連絡して、住所を聞きました。ほんとになつかしいなあ。あゆがマンガ家として大活躍してること、もちろん知っています。うちの娘が大ファンなんよ。『シークレットスナイパーTOKIA』シリーズは全部持ってるし。「このマンガ家さんとお母さん同窓生なんよ」って教えてあげたら、「まじで〜⁉」と食いついてきました（笑）。そうそう、うちの子もシラサギで、いま一年生。うちらが出会った頃と、同じ時間を呼吸してるんだよなあ……。

あゆがシラサギの創立記念講演会をやるらしいってことで、うちらも二十七年ぶりに同窓会をやろうじゃないかって盛り上がってます。

何人来るかわからんけど、なかなかこんな機会ないし、みんなでおいしいもの食べようよ。

楽しみにしてます。あ、うちの子のために色紙持っていくからな。サイン頼むでー。

みずのより

よつ葉のクローバーとハートが飛び交う乙女な便箋《びんせん》の文面では、私はすでに講演会を引き受けたことになっていた。

昔から天然で、食いしん坊だったみずの。ちっとも変わってないなあ、と苦笑する。さて、こうなると断りにくくなってきた。けれど人前で話をするのはやっぱり気が引ける。困ったなあ。

二枚目の便箋は白紙かと思いきや、ごく短い追伸が書かれていた。荻原さんの手紙を読んだときと同じように、私は長いこと、そのたった一行に視線を落としていた。

追伸
広島に転校してしまった武美《たけみ》、覚えとる？　同窓会には、彼女も来る予定です。

二十七年ぶりの同窓会は、岡山駅前にあるホテルのレストランで開かれることになっていた。

前夜遅くにそのホテルにチェックインし、なんとなく眠れない夜を過ごして、朝早く路面電車に乗って、「訪れておきたかった場所」まで行ってみた。

「城下《しろした》」という駅で降り、三分も歩けば旭川《あさひがわ》に到着する。そこに架かる「鶴見橋《つるみばし》」。おおげさかもしれないが、死ぬまでにもう一度訪れておきたかった場所だ。

橋の真ん中に、佇《たたず》んでみる。大きく伸びをして、胸いっぱいに深呼吸する。なつかしい水のにおい。青空の向こうに岡山城がぽつんと頭をのぞかせている。

自転車に乗った高校生らしき女の子たちが、ミニスカートの裾《すそ》を風になびかせて、しきりに笑い合いながら、橋の上を駆け抜けていく。

私は橋の欄干《らんかん》にもたれて、頭を巡らした。二十何年の時を超えて、いま、自分がこの場所に立っていることが不思議でならない。

この橋には、いろんな思い出がある。

大好きだったあのひとのことを、いちばんの友だちに打ち明けたのも、ここだった。

橋のずっと先、この欄干の上に、あの日、あのひとが座っていたのだ。

あのひとの名前は、ヒデホという。

神戸《こうべ》大学文学部フランス文学専修三年生の秀才、二十一歳。身長182cm、黒い革ジャンを素肌の上に羽織《はお》り、胸もとにはカモメの形のペンダントが揺れていた。黒いスリムなジーンズとブーツ、エレキギターのケースをすらりと肩から提げて。

サラサラのロン毛は金色。瞳は海を映したようなブルー。整った顔立ちは、まるで若き日の草刈正雄《くさかりまさお》……。

あの頃のこと、よく覚えてる。もう三十年近くまえのことなのに。

ヒデホ君を世界でいちばん好きなのは、私です。

欄干にもたれかかって、こっそりつぶやく私。

形のいい指がおでこに伸びてきて、前髪をかき上げる。彼の顔が近づいてくる。くちびるとくちびるが、触れるか触れないかの距離に。

その言葉、そっくり君に返すよ、あゆ。あゆを世界でいちばん好きなのは、おれだ。

我に返って、私は周囲を見回した。すぐ横に立って川面《かわも》を眺めていた親子連れのほかには誰もいない。身を翻《ひるがえ》して、私は橋の真ん中から街なかに向かって歩き出した。

さっき、ほんの一瞬、よみがえった。

ヒデホ君の香り。胸もとから立ち上る、ブラバスのコロンとタバコの入り混じった、あの香り。大人の男のひとのにおい。

頭のてっぺんまで熱くなる。十六歳だった、あのときのまんまに。

あのとき、私は確かにあのひとの声を聞いた。そして、そのすぐあとに、友だちの声を。

ちょっとお、何しよるん？　でーれー佐々岡ぁ。

鶴見橋のど真ん中。

下校の自転車が行きかう、シラサギの制服の胸もとのリボンが風になびく、あの風の強い橋の真ん中が、おそらくはあのときの世界の中心だった。

恋することは、痛い。熱くて、しみる。ほろ苦い。いや、甘い。

私はからだのぜんぶで感じていた。痛みと熱としみるような甘さとを、いっぺんに。

誰かに話したいと思った。誰かに伝えたいと思った。恋する感じの何もかもを。だけど、引っ越し直後で友だちのいなかった私に、そうすることはかなわなかった。

けれどあの日、思いがけず恋の話を打ち明けられる友だちが、ひとりだけ、できたのだ。

JR岡山駅から東へまっすぐ延びるメインストリート、桃太郎《ももたろう》大通り。その真ん中を、一両編成の路面電車が走っている。途中、路線は二手に分かれるが、一本は私の母校、白鷺女子高の近くの東山《ひがしやま》という場所まで続いている。終点の停留所の向こうには、小高い東山のこんもりした緑が朝日に映えてまぶしかった。

JR岡山駅をはさんで街は西側と東側に分かれている。東側は商業地として発展し、西側は住宅地だった。あの頃、私が両親と住んでいた借家は、西側にある奉還町《ほうかんちょう》商店街の外れにあった。

私は東京で生まれ、高校に入学する直前に父の転勤で岡山へ引っ越してきた。父は百科事典専門の出版社のセールスマンで、岡山支社に配属されたのだ。三十年ほどまえは「一家に一セット、教養の素《もと》」とかいう謳《うた》い文句で、家庭や学校を一軒一軒、百科事典をセールスして歩いたそうだ。ネットで本を買うのが当然の現在に比べると、実にのんきな時代である。

伝統と格式で有名だった白鷺女子高の進学コースに入学したが、とにかく困ったのは方言だ。岡山弁は、北の寒村や南の島のお年寄りが話す方言のように「ほとんど外国語」というのではない。普通の話し言葉はほぼ理解できる。が、ティーンのコミュニティの中では、逆に標準語が目立ってしまうのだ。

「佐々岡さんって、でーれーお嬢さんぶっとるが」

一年生のクラスの中では、徐々にグループが形成されていったが、私と同様、どのグループにも属さずに、いつもひとりで行動している子がいた。かといって内向的なわけでもなく、ハキハキして、いかにも意志の強そうな女の子。それが秋本《あきもと》武美だった。その武美が、あるとき突然つっかかってきた。

「佐々岡さんってお上品すぎるんじゃが。でーれーとっつきにくいんじゃ」

いかにも強そうな武美が堂々とそう言い放ったので、ほかの女子にも敬遠され始めた。私が何かちょっと標準語で言うたびに、「でーれーなあ」と笑う。

そのうちに、「でーれーって、なに?」と聞くと、「でーれーは、でーれーじゃが」とまた笑われる。

「でーれー」というのが、「ものすごい」というような意味だとわかってきた。そして、「なんかヘン」というようなニュアンスで私に対して使われているんだ、ということも。

最初のうちは、一方的に岡山弁で揶揄《やゆ》されることをじっとこらえていた。下手に標準語で反発しようものならいっそう茶化されるからだ。しばらくして、思い切ってこっちも岡山弁を使ってみた。「きのうの宿題、でーれーかった」って感じで。

「でーかった、じゃて」とクラスメイトがやっぱり笑う。

「どういう意味なん？　でーかった、ゆうて」

「だから、むずかしかった、っていうか……」

言い返す声から力が抜けていく。女子たちはいっせいに笑う。

「やっぱりでーれーが、佐々岡さん」

「ほんまじゃわ。でーれーわあ」

でーれー、でーれー。私を囲む女子たちは、おもしろがってそうはやし立てた。

いつのまにか私は、「でーれー佐々岡」などと陰で呼ばれるようになっていた。

いつも、ぽつんとひとり。登校も下校も、教室でも、お昼の時間も。私はひとりぼっちだった。

あのとき、ほんの十六歳。友だちも、好きな人もいなくて。

やがて私は神戸の短大に進学して、そのあと両親も東京に戻った。以来、岡山は私にとってなんの縁故もない街になった。

高校の三年間を過ごした街。ただそれだけの街。もはや暮らしているわけでもなく、故郷でもなんでもない街。

鶴見橋から戻ってきて、シャワーを浴びて、メイクに取りかかる。鏡の中で顔面にあれこれクリームを塗りこみつつ、もっと若いうちからちゃんとお肌のお手入れをしなかったことを毎度ながら後悔する。

二十代、三十代は、マンガ家としてのキャリアを築くために、わき目もふらずに仕事に打ちこんできた。化粧っ気ゼロの顔で、髪の毛をひっつめにして、くる日もくる日も、原稿原稿、締切り締切り、徹夜徹夜。美容室の若い男子に胸をときめかせる余裕ができたのなんて、この五年くらいのことだ。

でもって、気がつけばその男子にも「サライ世代」扱いだ。

クローゼットにぶら下げておいた「マルニ」のワンピースを着る。実はファッションブランドにはそんなに明るくないので、ベッパナ編集長の沖本《おきもと》女史にアドヴァイスを受けて買った。というか、買ってきてもらった。「オトナの女のカワイイ魅力ですよ、アユコ先生っ！」と沖本女史に差し出されたワンピースは、膝上《ひざうえ》15㎝のミニ丈だった。コワくて着られず、かといって代わりの服を買いに行く時間もなく、そのままキャリーケースに突っこんで持ってきてしまったんだけど。

袖を通し、鏡の前に立ってみて、「うわー……」とつぶやいて絶句した。

これじゃ、まるで大屋政子《おおやまさこ》だ。いや、今いくよ・くるよか。って、このたとえはいまの三十代以下には通用しないだろうな……。

見てはいけないものを見てしまったように、私は即座にワンピースを脱ぎ捨てた。時計は約束の時間の五分まえ。もう服を買い直している余裕はない。仕方なく、きのう着てきたロング丈のTシャツとジーンズを着直す。家から駅に焦って直行したから、徹夜明けのファッションだ。ひさしぶりの同窓会なのに、こりゃないでしょ、って感じ。いつものまま、そのまんまの私。

まあ、いいや。私だけじゃなくて、全員おばさんになってるんだから。そうあきらめて、部屋を出た。

レストランの個室のドアを開けた瞬間、わっと歓声が上がった。続いて、拍手。私はびっくりして、部屋の中を見回した。

しっかり化粧を塗りこんだおばさんの顔が、ずらりと長テーブルに並んでいる。あっけにとられた。誰ひとりとして認識できない。

「遅いでぇセンセ！　最後のご到着じゃが！」

そう叫んで立ち上がったおばさんの顔を凝視して、私は「はあ……」と気の抜けた声を出した。

「うちのこと、わからんの？」と、おばさんが言う。私はうなずいた。

「いやじゃわあ、みずのよ。篠山みずの。覚えとる？　アユコセンセ」

「あーっ、みずの⁉」私は素っ頓狂《すとんきよう》な声を出した。言われてみれば、どこからどう見てもみずのだ。二十キロくらい細くして髪の毛を伸ばしてシワを取ってすっぴんにしたら、確実にみずのだ。私は思わず彼女のどっしりした体に抱きついた。

「なつかしいっ。元気だった？」

「元気元気。あんたも元気そうじゃな。ほらほら、こっち来て、中谷センセも来とられるんよ」

みずのに手を引かれて、私はテーブル中央にちょこんと座っている小さなおじいさんの隣に座らされた。おじいさんと私は、まじまじとお互いの顔を眺め合った。

「中谷先生、ですか？」と私はこわごわ聞いた。

「ひさしぶりじゃのう、佐々岡。元気そうでよかったのう」

信じられなかった。三十年まえは中村雅俊《なかむらまさとし》似のイケてる中年で、生徒のあいだでもけっこう人気があったのに。いまはしなびたナスビみたいだ。しかも、シニアな中谷先生がしゃべる岡山弁は、昔話に出てくるようなカンペキなジイさん言葉に聞こえる。もっとも、幼稚園児が話しても「わし、アイスが食べてえんじゃ」って感じでもともとジイさん言葉なのが岡山弁の特徴なんだけど。

「先生……お年を召されましたねえ」

つい正直に感想を言ってしまった。先生は気にするでもなく、

「そらそうじゃ。わしゃあ、もう七十五歳じゃけ。孫娘も今年成人しよったし。佐々岡のマンガのファンでのう。あとでサイン、頼むが」

にこにことしている。絵に描いたような好々爺《こうこうや》ぶりだ。

「わあ、ひさしぶりっ、あゆ！」

「うちのこと覚えとる？」

「仕事、忙しいん？　こっち来るのに締切りは大丈夫じゃったん？」

周りのおばさんたちがいっせいに騒ぎ始めた。私はもう一度頭をめぐらして、彼女たちの顔を、ひとつひとつ、みつめた。

頭の中の記憶のファイルを開ける。見覚えのある顔データにCGで加工してみる。化粧を拭《ぬぐ》い落として、シワを消して、頬につやを戻して……。

「あ、ユリちゃんだ。マコ。アケミ。タカちゃん。……堀田《ほった》？」

彼女たちの顔がいっせいに輝いた。

「うわっ、正解！」

「さすがじゃわぁ」

「違うよ、うちらが変わらず若いまんまじゃけえ、わかったんよ。なあ、あゆ?」

わっと笑い声が上がる。私も気持ちよく笑った。不思議な感じだった。

もちろん、みんな同じ数だけ年をとった。おばさんになった。なのに驚くほど、みんな変わっていなかった。声、しゃべり方、しぐさ……姿かたちは多少変わったけど、本質的なものは何ひとつ変わっていない。

白鷺女子高、進学クラスZ組。

県立の著名進学校に対抗して、私が入学した年に発足した特別クラスだ。著名進学校の受験に敗れた子が、それでも有名大学進学を目指して入ったクラス。四十人の女の子たちは、憧れや夢や未来を語り合いながら、クラス替えなしに三年間、共に過ごしてきたのだ。

ひとりだけ、転校してしまった友を除いては。

「元少女」たちに囲まれながら、私は、胸をときめかしつつ、「転校してしまった友」を探した。

秋本武美。私がシラサギに入学当時、率先して私をからかった、ちょっとワルそうな子。

だけど、クラスの誰よりきれいで、どこか陰のある横顔は山口百恵《やまぐちももえ》みたいだった。

みずのの手紙に「武美も来る」と書いてあった。実は、その一文に引き寄せられて、私はここまでやって来たのだ。

武美ちゃん、まだ来てないのかな。会ったら、なんて言おうかな。

まるで初恋の人に再会するかのように、私は落ち着きをなくしていた。

同窓会に集まったのは、私を入れて二十人。そのうち、十七人がいまも岡山県内在住だという。私は、へええ、とすっかり感心してしまった。

「そうなんだ。ずっと岡山？」

左隣に座っていたチーコに訊いた。

「そうなんよ。倉敷《くらしき》出身の主人と一緒になったから、その時点で完全呪縛《じゅばく》じゃわ」

彼女はムードメーカーで、いつもおかしなことを言ってはみんなを笑わせていた。お笑い芸人か落語家にでもなるんじゃないかと思っていたけど、倉敷市内でご主人と民芸品店を営んでいるという。

チーコの隣、瀬戸内《せとうち》市で姑《しゅうとめ》さんと同居しているアッコが口をはさむ。

「うちもよ。義理の母がひがみっぽくて、家から一歩も出られんのよ。出かける言うたら、『あんたまた遊びに行くん？』とかねちねち言われるんじゃけえ」

「そんなこと、現実にあるの？」と私は驚いた。結婚したことのない私には、嫁姑の確執《かくしつ》などドラマの中の話でしかなかった。アッコはため息をついた。

「うちもたまには東京に行って、有名なパティシエの店とか行ってみたいんじゃけど。なあ鮎子、『東京ミッドタウン』って、どんな感じなん？」

「そうじゃわ、うちも聞きたかったんよ。『クリスピー・クリーム・ドーナツ』って、そねーにおいしいん？」

「ミシュラン三ツ星のフレンチとかって、出版社の人、連れてってくれるん？」

「『ブルガリカフェ』って、どんくらいおしゃれなん？」

次々に質問が飛んでくる。私も知らない東京情報をすべて把握《はあく》しているみたいだ。どうにも席に座っていられなくなった元少女たちが、私めがけて群《むら》がってきた。

「ちょっとみなさん。アユたんは徹夜明けでお疲れなのですよ。席について、質問は順番に！」

私たちの背後で、そう言い放った人がいた。私は顔を上げて声のしたほうを振り返った。

髪の毛をきっちりと縦ロールに巻き、真っ赤な革のジャケットをむちむちのボディに着こんだ年齢不詳の美女。私は、穴の開くほど彼女を凝視した。どっこも、ぜんぜん、おばさんじゃない。いったい、誰なんだ。美女は、にっこりと笑いかけるとあいさつした。

「どうも、センセイ。このたびは、我が校創立百二十周年記念講演会をお引き受けくださいまして、まことにありがとうございます」

あ。まさか。

「記念事業実行委員の……荻原一子先生、ですか？」

美女は、いっそう笑顔になってうなずいた。また、驚かされた。あんな達筆だから、ものすごいおばさんを想像してたんだけど……こんなに若い美人だったとは。

よっぽど呆《ほう》けた顔をしてしまったんだろうか、席に追い返された同窓生たちがくすくす笑っている。私は表情を引き締めて、「このたびは、お招きいただきまして……」と急にあらたまって頭を下げた。

「なんじゃ佐々岡。お前、こいつが誰か気がついとらんのか？」

中谷先生が、ちょっとあきれたような声を出した。私は「は？」とまぬけな返事をした。

「誰って……シラサギの荻原先生、じゃないんですか？」

「あいかわらずおっちょこちょいじゃのう。お前はいっつもその調子で、ケアレスミスばあしよったのう」

確かに、数学のテストではプラスとマイナスを読み間違えたりしょっちゅうしてたけど、それとこれとなんの関係があるんだろう。

荻原一子は、おもむろに私の目の前に左腕を差し出した。そして、「これ、覚えてます?」と真っ赤なジャケットの袖をめくってみせた。

赤いネイルの指先と、ほっそりした手首。そこにうっすら浮かびあがっている桃色の傷《きず》痕《あと》に、私は視線を落とした。

ヒ……デ……ホ……

「うわっ!」

全身で叫んで、思わず飛びのいた。

「たっ……武美ちゃん⁉」

美女は、満足そうな笑顔をたたえて、もう一度うなずいた。

驚いたことに、国語教師の荻原一子は、今回の同窓会での再会を私が密かに期待していた秋本武美だったのだ。

「ええっ⁉ だって、苗字も名前も違うじゃん⁉」

「ああ、うち結婚してなあ。だんなの苗字と武美って名前が字画的に合わん、って占いの先生に言われて、ペンネーム、っていうか、普段は『一子』で通しとるんよ」

って岡山じゃ普通のことなんだろうか。

「じゃ、あのめちゃくちゃよそよそしい依頼状、武美ちゃんが書いたの？　まったく他人だったけど」

「ひさしぶりだったから、ちょっと照れくさかったんよ。……これでもいちおう国語教師じゃし、依頼状くらいきちんと書かんにゃあおえんって思うて」

「みずのだって、手紙に『武美が来る予定です』とか書いていたし……。シラサギで先生してるなんて、ひと言も書いてなかったじゃない」

してやったりとばかりに、みずのは手を叩《たた》いて笑っている。私は、まじまじと武美のシワひとつない顔を眺めた。

高校一年生の春休み。武美は、たったひとりの肉親である母と共に広島へと引っ越していった。最後にふたりで会ったのは、鶴見橋の上だった。

それっきり、今日まで会うことはなかった。どうしているかな、とときおり思い出しても、連絡先もわからず、日々忙殺されて、気がつけば二十九年も経っていたのだ。その間、武美は、どういう経緯か、岡山へ舞い戻り、ちゃっかり母校の教員になっていたとは。

「信じられない。でーれーなあ」

ふと、なつかしい言葉が口を衝《つ》いて出た。武美が笑いを頰に含んだ。

「なんがでーれーの?」

「武美ちゃん、でーれー若いし、でーれーきれいだし、でーれー達筆だし」

「何言うとるん。あゆのほうがずうっとでーれーが。でーれー出世して、でーれー有名になって、でーれーお金持ちになって……でーれーすてきじゃが」

ふたりのやり取りをそばで見守っていたみずのが、笑い声を上げた。

「へんなの。ふたりして、でーれーでーれー言うてから」

チーコも笑った。

「ほんまじゃわ。あんたら、『でーれーガールズ』じゃ」

私のデビュー作のタイトルにひっかけて、そう言ってくれた。

「うちもでーれーよ。姑の小言をばんばん跳ね返しとるんじゃけえ」

「うちだってでーれーよ。お父さんの安月給で、マンションのローンちゃーんと返しよるんよ」

「えっ、ミホちゃんマンション買《こ》うたん? でーれーが!」

「うちは脳梗塞《のうこうそく》やったけど、元気になった。もうちゃんと歩けるんよ。ほら」

「えーっ。あんた、ほんまにでーれーな!」

元少女たちは、口々に、でーれーでーれー、と大騒ぎになった。

なんだか、胸がいっぱいになってしまった。

ここに集まった二十人は、二十通りの人生を生きてきたのだ。

大変だったこと、辛いできごとは、誰にも訪れていただろう。けれどいま、こうして、みんな元気で笑い合っている。その単純な事実が、とてつもない奇跡に、私には思えた。

その日、私たちは、よく食べ、よく飲み、よく笑い、思いきり語り合った。予定の時間を大幅に延長して、いつまでも騒いだ。メールアドレスを交換して、いまどきの女子高生のようにはしゃいだ。

会の最後に、最新の単行本『シークレットスナイパー TOKIA Vol.12』にサインして、中谷先生に謹呈《きんてい》した。いっせいに拍手が起こった。女子高生スナイパーの主人公・トキアの表紙を、先生は老眼鏡をかけなおしてしみじみと眺めた。

「変わっとらんのう。やっぱり佐々岡は絵がうまかったあの頃のまんまじゃのう」

先生がつぶやくと、

「あらセンセ、やだわ。こちら、初版は二十万部以上、作品は次々アニメ化映画化の超売れっ子先生ですのよ」

武美がちょいと先生の背広の肩をつついてふざけた。それから、

「うち、あゆの作品はぜーんぶ、最初っから読んどるんよ」

そう打ち明けて、微笑んだ。


夕方の涼しい風に吹かれて、JR岡山駅前の市電停留所に立つ。

空っぽの電車の箱の中から、私に向かって手を振る人がいる。武美だ。

「あゆ、こっちこっち。乗られ、早《は》よう」

赤い革のジャケットが、明るいワインレッドのシートによく映える。もともときれいな子だったけど、大人になっていっそうきれいになった気がする。こんなふうになれるなら、年を取るのは悪くない。

同窓会の帰りぎわに、武美は私をつかまえて、

「ずっと訊きたかったことがあるんよ」

かなりそわそわした様子だった。

「どうなったん？　その後……ヒデホ君とは」

予想していた質問だったので、私は動じなかった。そして、いつのまにか用意していた答えを返した。

「会ったよ。今朝」

ぱっと武美の顔色が変わった。少女のように頰を紅潮させて、武美は私の二の腕をつかんだ。

「嘘じゃろ。どこで」

「例の場所」

「鶴見橋？」

うん、と私はうなずいた。一瞬、武美は魂の抜けたような表情をしたが、すぐにうすら笑いになった。

「嘘つきじゃな。あいかわらず」

ちくん、と胸のずっと奥が疼《うず》いたが、私は黙っていた。すぐに別の友人たちに囲まれて話をするうちに、武美は姿を消していた。

ホテルの部屋に戻ると、すぐに携帯の着信音が鳴った。武美からのメールだった。

いま、駅前の市電の停留所にいます。仕事が残ってて、これから市電でシラサギに行くんだけど、よかったら一緒に乗っていかない？　夕方の風、気持ちいいよ。

まるでスポーツカーでドライブに誘い出すような文言に、頬が緩《ゆる》む。武美はあいかわらず、ロマンチストなのだ。

「これに乗るん、ひさしぶりなんじゃろ？」

武美の横に座った私は、首を横に振った。

「乗ったよ。今朝、鶴見橋まで行くのに」

「ああ、そうじゃった。うちは備前《びぜん》市から通っとるから、いまだに毎朝乗っとるんよ」

「ご主人、備前の出身なの？」

「そうなんよ。あっちも高校のセンセ。真面目な人でなあ。なんであねぇな人と結婚したんじゃろ。これでもうち、若い頃はけっこうモテたんよ。公務員からいきつけのディスコの黒服まで、引く手あまたじゃったのになあ。なんでじゃろ、いっちばんつまらんひと、選んでしもうて」

武美の母がひとり娘を連れて広島へ移り住んだのは、そのときの恋人を頼ってのことだった。

その後、武美は広島の女子大に入学、卒業し、地元の化粧品会社に就職した。その直後に、「ある理由で」母が他界した。はっきりとした理由を武美は言わなかったが、なんとなく不穏な感じがあったので、私も聞かなかった。とにかく、ひとりっきりになってしまった武美は、一念発起して「ほんとうにやりたいこと」をやるために岡山へと帰ってくる。そして、母校の教員試験を受け、見事に国語教師となったのだ。

ご主人とは岡山に戻ってから出会ったという。「劇的でもなんでもない」出会いだったと笑った。

トトン、トトンとゆるやかなリズムを刻んで、市電が大通りを走る。いくつか開いている窓から、秋を感じさせる風がやわらかいガーゼのように舞いこんでくる。

「そんでな。三年まえに死んでしもうた」

私は、窓の向こうに投げていた視線を武美の横顔に戻した。ほっそりした横顔は、流れる景色を眺めているようで、何も見ていないとわかった。

「死んだ、って……だんなさんが？」

武美は無言でうなずいてから、かすかに笑った。

「うちなあ。本気の恋は、十六歳の、あのいっぺんきりじゃったんよ。じゃから、大人になってからは、相手は別に誰でもいい、どうでもよかったん。うちに言い寄ってくる男たちも、うちが本気じゃないことに気づいて、しょせん遊ぶだけの女、って感じで付き合っとったんよ。でも、あいつだけが違っとった」

武美の夫となったひとは、一生けんめいな男だったらしい。毎週末、大手まんじゅうとちいさな赤いバラの花束を持って武美のアパートへやってきて、会えなくてもドアの前に置いていった（ちなみに、武美は三度のご飯より岡山銘菓・大手まんじゅうが好物なんだそうだ）。たくさんの本を宅配便で送ってきた（その中には武美が敬愛する書道家・榊莫《さかきばく》山《ざん》の作品集や相田《あいだ》みつをの詩画集もあった）。呼び出せばどんな夜中でもすっ飛んできた（他の男とのデートの帰り道を車で送らせたこともある）。

「それって、一生けんめい通り越して、イタい」

私は正直な感想を述べた。武美は膝を打って笑った。

「じゃろ？　うちも、なんだかあいつが痛うて苦《にご》うてな。じゃけどそのうち……」

甘《あも》うなったんよ。

武美のひと言が、ぽつんと心の川面に落ちてきた。

痛くて、苦くて、しみるほど甘い。それが、ひとを好きになるってこと、なのかな。

十六歳の武美と私。鶴見橋の真ん中に佇んで、そんな思いを巡らせていたっけ。

「最後は折れて、ほんまに『負けた！』って感じで、結婚したんじゃ」

当時をリアルに思い出したのか、武美はちょっとくやしそうな表情になった。

「そうなんだ。で、子供はいるの？」

いま母子家庭なのか、と心配しつつ、訊いてみる。

「いや……ちょっとな。うち、体がちょっと……」

言いかけて、一瞬、口ごもり、

「子供ができるようなこと、せんかったもん」

私は噴き出した。

「何それ。そんな夫婦、アリなの？」

「だって、いやじゃったんだもん。でもあいつ、それでもええって」

笑いながら、武美は、なつかしい友だちを思い出すように付け加えた。

「いいやつじゃったんよ」

市電は城下筋をまっすぐ走り、中国《ちゅうごく》銀行前を通り過ぎて、京橋《きょうばし》に差しかかった。

あの頃、ここから見る旭川の風景が大好きだった。どこか変わったところはあるだろうか。私は体をよじって窓の向こうを眺めた。ずっと遠くをうずくまったように小さな岡山城がかすめていった。

「次で降りる？　川、見たいんじゃろ」

武美は私の返事も待たずに停車ボタンを押した。

小橋《こばし》、という停留所で私たちは降りた。少し戻るとさっきの京橋に出る。私たちは橋の真ん中に並んで立った。

「変わらないなあ。街も、川も、橋も」

ひとつ、伸びをしてから私は言った。武美もいっしょに背中を伸ばした。

ほんとうに、何ひとつ変わったところがない。古びた欄干、空をめぐる路面電車の電線、電柱の角度まで、何もかも、三十年近くの時を止めていた。

紺色とバラ色が半分ずつに溶け合う空に一番星が光るのが見える。私は、いつか私の通学鞄に留まっていた「George」とつづってある金色のブローチや、武美がクリスマスプレゼントにと編んでくれた黒と白のマフラーのことなどを、とりとめもなく思い出した。

白のマフラーは、私に。そして、黒のマフラーは、ヒデホ君に。

ふたりの永遠の愛を記念して、武美は一針一針、ていねいに編んでくれたのだ。

「なあ、あゆ。一回だけ、本気で訊く。じゃけえ、一回だけ、本気で答えて」

武美の静かな声がした。私は目を閉じて、武美の質問がやってくるのを待った。

「ほんまは、いなかったんじゃろ？」

鮎子の恋人、ヒデホ君は。

そう訊かれるとわかっていた。心の中で「ヒデホ君」の面影をじゅうぶんに思い出しながら、ゆっくりと答えた。

「うん。いなかった」

絹のようになめらかな沈黙が、私たちを包んだ。しばらくしてから、そうかあ、と観念したような相槌が聞こえてきた。

「わかっとった」

「うん」

「でも、あのときは、ほんまにいると信じとった。ほんまに、好きじゃった」

「うん」

「あんたもじゃろ？」

「うん……」

そうなのだ。

あのひとは、孤独な私がノートに描き続けた、マンガの主人公。

不思議なことに、私にはあのひとが見えた。あのひとを感じた。あのひとに抱かれて、恋をした。

私の恋人、ヒデホ君。

彼の話を、少しずつ少しずつ、武美に話すようになった。ノートに描いたマンガを見せた。私の恋人、こんな人なんよ。でーれー、カッコええんよ。私のこと、すごく大事にしてくれるんよ。

た。武美は、次第に私の物語に引きこまれていった。いつしか、私は孤独でなくなってい

あゆ、と武美にもみんなにも名前で呼んでもらえるようになっていた。

あゆ、マンガの続き、見せて。

あゆ、もっと聞かせて。ヒデホ君のこと。

なああゆ、あんたら、どこまでいったん？　Aは当然じゃろ？　Bは？　……Cは？

武美の顔は好奇心と羨望《せんぼう》に輝いていた。そして、いつのまにか私のいちばんの友だちになっていた。

きれいな武美。カッコいい武美。武美と仲良しになれて、私は有頂天《うちょうてん》だった。もっともっと、ロマンチックで過激な、私とヒデホ君の恋物語を、彼女に語って聞かせ、絵に描いてみせた。

かっこええなあ、ヒデホ君。うち、好きになってしまいそうじゃわ。なああゆ、もしうちがヒデホ君のこと好きになったら……おえん？

私は笑って返した。

武美ちゃんみたいな美人に言い寄られたら、あのひともきっと、私のことなんか忘れちゃって夢中になるよ。

ほんまに？　なああゆ、ほんまのほんまに？

うんうん、ほんまほんま。だから武美ちゃんの写真は、あのひとには見せないでおくよ。

武美が、ほんとうにヒデホ君のことを好きになるはずなんてない。私は、そうたかをくくっていた。

けれど武美は……見たこともないヒデホ君に、恋をしてしまったのだ。

ヒデホ君に会わせてよ。ほんまに好きなんよ。どんだけ好きか、会ったらこれ、見せたいんよ。

そう言って、武美は左手首にカッターで切りつけたあのひとの名前を、私に見せた。

その瞬間に、私は封印した。あのひとは現実には存在しない、という真実を、永遠に。

あのひとは、この世にいない。私の創作、二次元のひと。

何度、打ち明けようと思ったことだろう。けれど、結局、私は私の「嘘」を武美に打ち明ける機会を失ってしまった。

あれから、三十年近く。

私たちは離ればなれになり、大人になって、家庭や仕事を持ち、お互いに会うこともなく、あのひとのことなどとっくに忘れ去った。それでよかった。もう、岡山へ帰ることなどない。武美も、ヒデホ君のことなど思い出すこともないだろう。

そう思っていた。

それなのに。

覚えていたのだ。武美は、私の空想の恋人のことを。

「アホじゃなあ、うちは」

宵闇《よいやみ》に大きく息を放って、武美は言った。

「こんな名前、腕に彫ったもんじゃから、きっとあいつも……だんなも、死ぬまで気にしとったじゃろうなあ」

武美は赤いジャケットの袖の上から、その名前がある部分をそっとこすった。

「武美ちゃん」

前を向いたまま、私は呼びかけた。

「ん?」

「ごめん」

涙声になってしまった。武美は私の肩を軽快に叩いた。

「なんであやまるん? でーれー、ええ夢見せてもろうたが」

落っこちそうになった涙を指先でぬぐった。武美は見ぬふりをして、せいせいとした声で言った。

「今日、うち来る？　あゆに見せたいもんがあるんよ。あ、電車来た。行こ行こ」

またしても私の返事を待たずに、停留所に向かって歩き出した。武美は、そういう女の子だった。気が強くて、まっすぐで、決めたらとことん、突っ切っていく。そんな武美に、憧れていた。

岡山駅前行きの路面電車に乗ろうとするので、「ちょっと待った」と大声で止めた。

「学校で残務があるんじゃなかったの？」

「ああ、あれ？　口実じゃが。あんたを連れ出すための」

私は、あきれた、とつぶやいて、電車に乗りこむ武美の後に続いた。私たちは、えんじ色のシートに並んで座った。

「嘘つきだ」

「どっちが」

お互いの膝をぺちんぺちんと叩き合った。窓の彼方の岡山城が、ライトに白く浮かび上がって流れていく。

「見せたいものって、なに？」

「うち秘蔵、相田みつをの詩画集」

「なんじゃ、そりゃ」

私たちは無邪気に笑い合った。十六歳の私たちが、仲良く市電のシートに座っていた。

その夜、武美の嫁《とつ》ぎ先の家で私を待っていたのは、武美のだんなのご両親。まあまあ遠いところを、ようきんさったと下にも置かぬ大歓迎だった。

それで、よくわかってしまった。息子の亡きあとも、この人たちは、それはそれは武美を大切にしているのだと。ほんとうの娘のように。

そしてもうひとつ、私を待っていたものがある。

一枚の鉛筆画。私が描いたあのひとのポートレートだった。三十年まえ、武美と最後に別れたときに、私から彼女へ贈った一枚。

だんなにも見せんかったんよ。宝物なんよ、と武美が言う。

でーれー、大事にしとるんよ。

なんだか照れくさくて、まともに見られなかった。

鏡の中の、自分の顔を見るみたいで。

♯2

欄干《らんかん》ノート

ああ、なんだろ。この匂い。

すごくやわらかな……あたたかな香り。

そうだ、お味噌汁《みそしる》だ。お母さんが作る、具だくさんのお味噌汁。たまねぎとじゃがいもとわかめの具。年季の入ったホーローの片手なべから、私専用のキティちゃん柄のお椀の中に湯気を立ててよそわれる。

白いご飯に、手製のお漬け物。今日のおかずは、私の大好きなイシイのチキンハンバーグに目玉焼き。

朝からハンバーグが食べたいなんて言って。たまには自分で作ってみなさいよ、とお母さん。

これ、パックのまま熱湯で三分ゆでればできあがりなのよ。もう高校生なんだから、料理のひとつもやってみたらいいのに。彼氏ができたときに、恥ずかしい思いをするわよ?

鮎子にカレシなんてまだまだ、とお兄ちゃん。

ま、おれのカノジョのみっちゃんなんかは、デートのときにサンドイッチ作ってきてくれたけどね。ロールサンドでさ。食パンでハムときゅうりをくるくるって巻いて、ラップで包んで、かわいい爪楊枝《つまようじ》をこう、刺してさ。

なんだ、ずいぶんハイカラなもの作るんだな、みっちゃんは。と口をはさむのは、お父さん。

おれとお母さんの初めてのデートなんてなあ。お母さんは俵形《たわらがた》のおむすびとうさぎの形をしたリンゴを持ってきたぞ。

いやですよ、お父さん。そんなことといいじゃないの。いまは鮎子に家事手伝えってお説教してるんだから。

だめだめ、こいつに説教なんかしたって馬耳東風《ばじとうふう》。みっちゃんみたいに女の子っぽくないんだからね。

そんなことないさ。鮎子はけっこう、かわいいとこあるんだぞ。ちっちゃい頃なんか、お父さんのお嫁さんになるって言ったりしてさ。なあ鮎子？

さあさあ、もういいから、さっさと食べてくださいよ。みんな遅刻しちゃうわよ。鮎子、制服のリボンにアイロンはかけたの？　そのくらい自分でなさいよ。ねえ、ちょっと聞いてるの？　鮎子ってば……

「アユコせんせ、起きてくださいよ。原稿オチちゃいますよ。せんせ〜っ」

耳もとで囁《ささや》き声がした。ぱっと目を開ける。

「やばっ」

ひと声叫んで、がばっと起き上がる。目の前に、ゴージャスなパーマヘアを無造作《むぞうさ》に結んだすっぴんのおばさんがいる。じっとその顔を凝視する。

「……誰？」

ついと手が伸びてきて、ほっぺたをつねり上げられた。「あたたっ」と声を出す。

「ごめんごめん、武美ちゃん。だってメイクした顔とすっぴんとのあまりの落差が……あたたっ」

「うるさいが。うちは化粧品会社のメイク指導員しとったこともある言うたじゃろ。化粧がでーれーうまいだけじゃがっ」

「わかった、わかったって。あんまり老けて見えたからさ……あたたたっ」

並べて敷いたふとんの上で、ほっぺたをつねったり枕を投げたり、大騒ぎになった。

「武美ちゃーん、アユコせんせ。朝ごはんできとるよ。早《は》よ、下りてきんさい」

階下から元気のいい声が上がってくる。武美と私は、声を合わせて「はあい」と返事をした。

昨夜、高校時代のいちばんの友だち、武美の家――正確に言えば、武美の嫁ぎ先の家

――へ遊びにきて、話せども話せども話が尽きず、結局泊まってしまった。何時くらいまで話しこんだのだろう。まるで高校時代にすっかり戻ってしまったみたいに、枕を並べて横になっても話し続けた。明け方、ふっと体が軽くなって、そのまますやすや。

そして、なつかしい夢を見た。

高校生のとき、家族で過ごした岡山。私と、私の家族がもっとも元気で、仲よく、毎日笑って暮らした時代。その頃の夢。

「原稿オチちゃいますよ～」という不吉な囁きで目が覚めて、起きてすぐにほっぺたをつねり上げられはしたものの、夢の中で私を包んでいたなつかしい感覚はしばらく続いていた。ほっとする空気に満たされた、この古い日本家屋のせいかもしれない。父の転勤で岡山に引っ越し、家族四人で住んだ借家にどことなく似ている。

それとも、いまの武美の家族――他界した夫の両親の笑顔が、私の両親を思い出させるからかもしれない。

そして、武美の義理の母が作る味噌汁が、かつおだしが利いて具だくさんだからかも。

「せんせ、遠慮なんぞせんと、ぎょうさんあがってくんさいよ。ご飯、もっとつけますか？」

「あっ、じゃあ……お味噌汁を」

塗りの汁椀を差し出すと、お義母さんはうれしそうに受け取った。

「うれしいわあ。先生にこの味噌汁気に入ってもろうて。これ、倉敷の塩屋《しおや》味噌ゆうんですよ。無添加で、酵母《こうぼ》もようけ入っとるんで、健康にもええらしいんですよ」

「まためたあ。お義母さんは健康おたくなんじゃから。いままでだって、山田養蜂場《やまだようほうじょう》のプロポリスやら牛窓《うしまど》のオリーブオイルやらオハヨーの一日分の鉄分ヨーグルトやら、ぎょうさん買うてきて、『武美ちゃんこれこれ、これがええらしいよ』ゆうて、次々うちに食べさせるんよ」

迷惑千万、という口調で武美が言う。お義母さんは楽しそうに笑って、

「せめて武美ちゃんには長生きしてもらいてえんじゃが」

そう言った。

一瞬、どきっとする。

ゆうべ、武美から聞かされた。ひとり息子を失って、どんなに両親が落ちこんだか。

お義母さんは、ショックのあまりうつ状態になったらしい。お義父さんは、十キロ近く痩せてしまった。武美は夫を失った悲しみ以上に、この両親が気がかりだった。特にお義母さんは食事ものどを通らず、その衰弱は目を覆《おお》うほどだったという。息子のあとを追っ

ていきはしないかと、武美はかたときもお義母さんのそばを離れなかった。それでも四十九日が過ぎたあと、両親は武美に告げたという。あんたはもうここにおる必要はない。いい人をみつけてやり直しんさい、と。

それで武美は、生前、夫にも言わなかった言葉を口にした。

うちの夫は生涯、あの人だけです。だからこの家以外、帰るところなんかありません。

もしも迷惑じゃなかったら、うちをこの家に置いてやってください。

お義父さんとお義母さんの、そばにいさせてください。

夫の死に目も、葬式の最中も、ひとりになってからも、武美は泣かなかった。気持ちが張りつめて、泣くことができなかったのだ。

夫が死んで五十日目。夫の両親と向かい合って、武美は初めて涙をこぼした。そして、引っこみ思案の姑と意地っ張りの嫁は、初めて固く抱き合って、一緒に涙を流した。

武美と枕を並べてその話を聞かされた私も、思わず涙を流してしまった。

あいかわらずツッパリの武美は、歯に衣きせない物言いで、お義母さんにチクリと嫌味を言ったりもする。お義母さんは慣れたもので、それをさらりと笑顔で受け流す。お義父さんも同様、にこにことおだやかな笑顔で、黙ってふたりの成り行きを見守っている。

凍《こご》える冬をともに過ごしてきた三人。いまはもう、家族以上に家族なのだ。

「まったくもう。お義母さんとお義父さん、ずるいんよ。いっつもにこにこしてから、うちの意地悪を跳ね返しよるんじゃから。なああゆ、ずるいと思わん？　老人パワーには負けるがなあ？」

そんなふうに言って、笑っている。

私は、二杯めのお味噌汁に口をつけながら、じんと熱くなる。

こんなにしみるほどおいしいものを口にしたのは、ひさしぶりのような気がした。

食後に、武美は、病院の袋からいくつもの薬を取り出し、お茶で喉に流しこんでいた。

「どっか悪いの？」と何気なく訊くと、

「なんもねえんじゃ。これも全部、お義母さんを安心させるためなんよ」

こっそりと、私の耳もとに囁いた。

鏡の中の、私。

十六歳の私。少しぽっちゃりとした、しもぶくれの顔。これでもちょっとは痩せたほうだ。

何しろ、小学校六年生の頃のあだ名は「肉まん」。まん丸で色白の顔に命名された、泣きたくなるようなニックネームだ。「おーい肉まん」と男子に呼ばれると、つい振り向いてしまう。そんな自分が情けなかった。

だから、十六歳の私は、それなりにいまの顔に満足している。それどころか、年頃になってちょっといい女になってきたんじゃないかと錯覚《さっかく》までしている。

髪型は、最近人気の出てきたアイドル、松田聖子《まつだせいこ》を真似てみた。肩までの「段カット」で、前髪はふわりと揃《そろ》えて眉毛を少し隠すくらいの長さ。当時は、ジェルだのムースだのはないから、霧吹《きりふ》きで水を噴きかけて寝癖を直す。

それから、朝の一大イベントが始まる。制服のリボンを結ぶのだ。濃紺のセーラーのワンピース。プリーツのスカートの裾はちょっと長めで、膝下くらい。ウエストは同じ生地のベルトで留めて。肝心なのは、とにかくリボン。深緑色のシルクのリボンを、どれだけ上手にカッコよく結べるか。毎朝、鏡の前で真剣勝負だ。

父の転勤とともに、家族四人で引っ越してきた岡山。私は、岡山白鷺女子高校の一年生。ちなみに兄は岡山大学の文学部一年生。東京の高校時代に付き合っていた彼女のみっちゃんも、兄を追いかけて岡大を受験して、見事に合格。順調に交際を続けている。私は進学校で有名な県立高校の県外入学枠で受験したのだが、力及ばずだった。その県立高校以外はどこにいっても同じだと思っていた。だから、シラサギは学校の内容もよく検分せずにパンフレットだけを見て決めた。制服が他校よりずっとかわいかったのだ。

制服は、リボンが命。これをうまく結べるか否かがその日の明暗を分ける。まず、きっちりアイロンをかけた三角形のリボンを肩の上に載せる。先っちょを引っ張って形を整える。胸もとでくるりと巻く。結び目は四角に形よく、けれどふんわりとやわらかく。結び目からふたつの先っちょを、ちょろっと出す。この長さが問題なのだ。あまり長く出すぎるとやぼったくなる。極端に短いのはワルそうな先輩たちの流行だ。私はどっちつかず、けれど適度に均衡《きんこう》を保った長さと幅を演出するのに、毎朝十分以上かける。

そのほかにも女子高生の朝じたくは忙しい。髪型を整える。はちみつ洗顔石鹸で顔を洗って、へちま化粧水は母から拝借《はいしゃく》。にきびの部分にはオロナイン。メイクはしないけど、ピーチ味のリップクリームをつける。仕上げは、サンリオショップで買ったすずらんのコロン。

「いってきまあす」

その頃、私の家は岡山市内、下伊福《しもいふく》という場所にあった。ミニサイクルにまたがって、吉備《きび》線の線路を越えて、商店街の奉還町を通って、岡山駅まで十五分。そこで自転車を降りて、東西連絡通路を歩いて、地下ショッピングセンターの岡山一番街を抜けて、地上に出る。そこには市電の始発の停留所がある。平日の朝は、シラサギに通学する女子高生があふれている。電車が到着するたびに、空っぽの車両はまたたくまに女子高生でいっぱいになり、男子学生やおじさんはとても乗れなくなる。車内は不思議ないい匂いで満たされる。甘いシャンプーの香り。ちょっと大人びた子のつけるコロンの香り。リップクリームの香り。洗いたてのハンカチの香り。それに、ひなたの香り。

車内の様子は、光景、という言葉がぴったり合う。だって、光に満ちあふれた風景だから。女の子たちのつややかな黒髪に朝の光が反射する。制服の胸もとについた白鷺のバッジ。入学祝いのシチズンの腕時計。きらきらしたいくつもの瞳。全部、みつめていられないほど輝いている。

そう。あの頃、私たちは誰もが光の中にいた。

おかしなものだ。光の中にいるときには、光を意識することなんてめったにない。

そのくせ、その場所から一歩踏み出すと、どんなにまぶしい光のさなかにいたのか、初めてわかるのだから。

ごとん、ごとん、とゆるやかな車輪の音を響かせて、市電は走る。いままでは桃太郎大通りと呼ばれている駅前の大通りを抜け、城下、県庁通《けんちょうどお》りを抜けて、旭川を渡る。中納言《ちゅうなごん》という停留所には、老舗大手まんじゅうの店がある。門田屋敷《かどたやしき》の交差点を抜けて、終点の東山まで。

春の終わり、車窓はいっぱいに開かれている。電車がスピードを上げると、風が車内に吹きこんでくる。女の子たちの胸もとのリボンが、いっせいにふわっと持ち上がる。一瞬、風が緑色に染まる。

車内の女の子たちは、始発から終点までの二十分に満たない時間を思い思いに過ごしている。おしゃべりに熱中する子。手鏡で髪型を直す子。単語帳をめくる子。文庫本を開く子。ぼんやりと窓の外の景色を眺めている子。

朝まで「オールナイトニッポン」を聴き、寝不足で大あくびする子。これは、私。

ケータイもMP3プレイヤーもない時代。ウォークマンだって持っている子なんかいない。ラジカセがいちばん大事な宝物だった時代。

それでも私たちは、じゅうぶん豊かだった。

「おはよーっ。なあなあ、きのうの『ザ・ベストテン』見た？」

「おはよーっ。見た見た。また海援隊が一位じゃったが」

「うち、竹内まりやが好きなんよ。来週一位にならんかなあ、『不思議なピーチパイ』」

元気よく声をかけあって、友だち同士、叩きあったり笑いあったり、子犬のようにじゃれ合いながら教室へ向かう。

四月の終わり。東京からやってきたばかりの私は、まだまだクラスにも方言にもなじめず、リボンの結び方もままならず、しなびた花のように肩を落として教室に入っていくのだった。

「ちょっとお。あんたのリボン、カッコ悪《わり》いが？　でーれー佐々岡」

教室に入るなり、そう声をかけてくる不敵なヤツ。十六歳の武美だ。

その頃、私は使い慣れない方言を無理やり文脈に入れて、友人たちの輪の中に入ろうと努力奮闘中だった。初めて聞いた岡山の方言の中では、「〜じゃ」と語尾につけるのと、「でーれーなあ」（すごいなあ）という言葉が特に耳に残った。そこで私は、できるだけ話し言葉の末尾に「じゃ」をつけ、「きのうの宿題、でーれーかった」などと、なんでもいいから形容詞としての「でーれー」を連発して、岡山県人的雰囲気をかもし出そうとしていた。そんな涙ぐましい努力のかいもなく、私は「でーれー佐々岡」などと呼ばれて、結局クラスメイトの笑いの標的にされてしまった。

「あっ、武美ちゃんじゃ。でーれー、おはよう」

笑い物にされた私は、開き直ってへんちくりんな方言をわざと使うようにしていた。こうなったらクラスのピエロ的役割になるんだ。そうすれば、そんな私をどこかで見ていてくれるはずの誰かが、何かをどうにかしてくれるはずかもしれない。と、頭の中では標準語もイカレていた。

私のへんちくりんな朝のあいさつを聞いて、武美は妙な顔をした。

「ちょっと、こっち来られえ」

そう言って、手招きをしている。

とたんに体がこわばる。こうして武美が私を呼ぶときは、何か意地悪を考えているときなのだ。

「いやあの、私……でーれー、これから宿題するつもりなんじゃ……けど?」

「ええから、早よ来られ」

しかたなく、武美の前に歩み出る。武美は椅子に座って私を見上げている。上目づかいで挑発的なまなざしの武美は、はっとするほどきれいだ。東京での中学生時代にも、かわいい女の子は何人かいたけど、こんなふうに、ちょっと色気があるような、みつめられると動けなくなってしまうような力に満ちた目をした子はいなかった。

武美は入学当初から、茶色っぽくてやわらかくウェーブのかかった髪で、周囲から浮き立って見えた。「もともと天然パーマで色素が薄いらしいで」と、すぐにひそひそと噂《うわさ》が流れた。そう言えば、透きとおるように色白で、瞳の色も茶色っぽい。顔立ちもどこかしらエキゾチックで、異国の血を感じさせるような。

どこにいても、何をしていても目立つ武美の噂は、入学後、またたくまに広まった。おとんがアメリカの軍人らしい。おかんと武美を捨ててアメリカへ帰ってしもうたとか。おかんが働いとるスナックで皿洗いのバイトしよるんじゃて。まことしやかなひそひそ話。

クラスメイトは、武美と一緒にいると不良に見られるからと距離を置くグループと、武美と一緒にいておもしろいこと教えてもらおうと接近するグループのふたつに分かれた。私はやっぱり、どっちつかず。リボンの結び方と同じで。

けれど、このエキゾチックな顔立ちのきれいな女の子にはどうも逆らえない感じがした。呼びつけられればおとなしく従うしかない。どんな意地悪されるんだろう、とびくびくする気持ち。けれど、近くに呼んでもらえてちょっとわくわくする気持ち。

「そのリボン、やっちもねえなあ。こけえ座られ」

武美はあごをしゃくって、自分の前の椅子を指した。私はおろおろとしていたが、「早よう！」ともうひと言促されて、ようやく腰を下ろした。

武美の手が伸びて、私の襟《えり》もとのリボンをつまんだかと思うと、するりと外してしまった。二十分かけて作り上げた大作が、ものの三秒で華奢《きゃしゃ》な白い手に奪われてしまった。

「全体にアイロンかけよるんじゃろ？　そうじゃのうて、こう。端から十センチ折りたたんで、その折り目に沿ってアイロンかけにゃおえんが。わかる？」

武美は机の上にリボンを広げて、アイロンをかける手順を教えてくれた。意外にも親切なことを言われて、私はすっかり頭に血が上ってしまった。

「ほんでからなあ。最後にアイロンを真ん中にこう、置いてから。いち、に、さん、し、ご……十秒くらい、ぐうっと押しつけるんじゃ。わかる？」

私は、こくこくと頭を上下に動かして、「うん、わかる」と答えた。武美は、満足そうな笑みを浮かべた。

「ほいから、あんたの鞄《かばん》。こけえ載せてみられ」

言われるままに、机に学生鞄を載せる。いわゆる本流の「学生鞄」だ。つやのある黒革でできていて、横長のドクターバッグみたいな感じ。私の鞄は、その日の教科書やらノートやら弁当やらで、ぱんぱんに膨《ふく》れ上がっていた。武美は、太った鞄をがばっと開けると、たちまち中身を引きずり出した。ばさばさと音を立てて、教科書やノートが床にぶちまけられてしまった。

「こねーなぶっくぶくに太りよる鞄、やっちもねえが。何入れよるんよ、あんたは」

「何って……教科書だよ。学校来るんだもん、持ってこなくちゃだめじゃん……だめじゃが？」

「何言いよるん。教科書なんか家からわざわざ持ってこんでもよかろう。全部、学校の机の中に入れっぱなしにしときゃええが」

私は必死に教科書をかき集め、思い切って言い返した。

「じゃあ、武美ちゃん、鞄に何を入れてるの？」

「うちの鞄？　見る？」

武美は机の横に引っかけていた黒くて平べったいものを、ぺたん、と机の上に載せた。

私はその奇妙な物体を凝視した。

どこからどう見ても鞄には見えない。どっちかっていうと……。

「……焼き海苔《のり》？」

あはは、と武美が声を上げて笑った。

「そ。焼き海苔。カッコええじゃろ？」

はあ、と私は気の抜けた返事をした。いったいどうしたら、こんなに極限まで薄い学生鞄に改造できるんだろうか。

「けっこう手間ひまかかるんよ。まず、お風呂をぐらぐらに沸《わ》かすじゃろ？　ほんで、そん中に鞄を入れて、一時間くらい煮しめてから、鞄のマチの部分の糸を全部抜いて。ほんで、椅子の下に置いて、その上にずーっと座っとくんじゃ」

「でも、そんなことしたら、鞄ぼろぼろになっちゃう……じゃが？」

「あたりまえじゃろ。ぼろぼろにしたほうのんがカッコええが？　世良公則《せらまさのり》じゃって、もんた&ブラザーズじゃって、ぼろぼろのジーパンはいとるが？　ちょびっとぼろぼろのんが、でーれーカッコええんじゃ」

ちょびっとっていうか……でーれー、ぼろぼろだけど。

「あんたの鞄も、やったげてもええよ？」

「え？　い、いや、私は……」

そんな鞄がお母さんにみつかったら大ごとだ。私が青くなるのを見て、武美はくすくすと笑った。

「嘘じゃが。あんたの鞄なんか、やりゃあせんよ。だいいち、これやったげるん、有料じゃし」

「え……お金、取るの？」

ふん、と武美は自嘲《じちょう》するように鼻を鳴らした。

「そ。うちは貧しい母子家庭じゃけえ、何するんもお金を取るんよ。髪型の講習、鞄つぶしの講習、リボンの講習」

私は、あわてて鞄とリボンを机の上から取り上げた。武美は、「嘘に決まっとるが」ともう一度言いながら、おもしろそうに笑っている。鞄とリボンを胸に抱いて、ほっと息をついた。

武美の薄茶色の瞳が私を見た。その目をみつめ返しながら、私は言った。

「リボンのこと、教えてくれてありがと」

薄茶の瞳が、ふっとやさしくなるのが見えた。

翌朝、私がどうしたかというと、武美に教えられた通りにリボンにアイロンをかけた。十秒間、アイロンを過酷に押し付けられたシルクのリボンは、まっ黄色に変色してしまった。

鏡の前で、全神経を集中させて、リボンを結ぶ。結び目からちょろっと出ている足の部分はごく小さく。そう、武美がやってるみたいに。

鞄を風呂で煮るのはさすがにできなかったけど、持っていくノートの数を極力減らして、鞄のマチの部分の内側を強力な大型クリップではさんで、ぎゅっととめる。これで少し厚みが減った。

これでよし。

いつものように市電に乗りこむ。だけど、その朝は何かが少し違った。

ほんの一歩、武美に近づけたみたいで。自分も武美みたいにカッコいい女の子になれた気がして。

「あの、武美ちゃん」

「あれえ？　あんた、そのリボンどしたん？　焦《こ》げとるが？」

教室で私を見かけるやいなや、武美が素《す》っ頓狂《とんきょう》な声を上げた。

「まさか、ほんまに『アイロン十秒』やったん？」

「うん、やった。どう？　でーれー、カッコいい？」

私がリボンをつまんでポーズを作ると、武美は声を上げて笑った。


旭川に架《か》かる鶴見橋の真ん中で、ひとり、佇んでいる。

十六歳の五月。やっぱり、ひとりの私。

ゴールデンウィークまえまでは、東京の友人たちから週に一、二通は手紙が来た。それぞれに歩み始めた高校生活を報告して、友だちができた、好きなひとができた、いま友だちのあいだで流行っているのはこんなこと、とにぎやかな文面だった。なんだかきらきらして、じっとみつめてはいられなかった。そして、ゴールデンウィークを境に、手紙はぴったりと途絶《とだ》えた。

橋の欄干に上半身を預けて、遠く暮れなずむ空を眺める。無意識にため息が出る。

「肉まん」の次は、「でーれー佐々岡」かあ。

不名誉なニックネームを逆手にとってクラスになじもうと努力したつもりが、「ヘンな岡山弁を無理してしゃべる東京のスカした女」として、完全に孤立してしまった。

放課後、まっすぐ家に帰る気になれず、ときどき鶴見橋に立ち寄った。

市電に乗って旭川を渡るとき、岡山城が見える方向にいくつ橋が架かっているか数えてみた。ふたつまでは数えられた。そのさらに向こうにも橋があるような気がした。あの向こうまで行ってみよう、とあるとき思った。いちばん近そうな停留所、城下で降り、あてずっぽうに歩いて橋を探した。すぐに川辺に出たが、どの橋が「向こうの橋」なのかわからない。電車から見る距離感と実際に歩く距離感がまったく違っている気がした。

昔の欄干を模《も》した橋をみつけた。川向こうに見える後楽園《こうらくえん》のうっそうとした緑の木々と、川面のきらめきと、古風な欄干のデザインが視界に入ったとき、なんとなくこの橋が好きになった。それが鶴見橋だった。

橋の真ん中に立つ。大きく空を仰ぐ。

東京の空とは比べ物にならない自由な広がりが、この町の空にはある。

自転車に乗った学生たちが橋の上を行き来している。どの顔にも放課後の解放感があふれている。バイクや車がときおりうなり声を上げて彼らを追い越していく。

少し薄く改造した学生鞄から、ノートを一冊、取り出す。

『ヒデホとあゆの物語⑽』by小日向アユコ

表紙には丸っこい文字でそう書いてある。私の、大切なノート。そんなに幅広ではない欄干の上にそっと広げる。

小日向アユコというのは、私のペンネーム。マンガを描くのが大好きな私は、そうして何冊ものノートにこつこつとマンガを描きためていた。

いまはまだ夢でしかないけれど、いつかマンガ家になりたい。そう願いつつ、本格的にペン入れしたマンガはまだ描いたことはなかった。

だって、私まだ十六歳になったばっかりだもん。まだまだ未熟だし。

でも早い人は十四歳でデビューしたりもしてるんだよな。いくえみ綾《りょう》とか……くらもちふさこは十七歳だっけ。

そして、ヒデホ、というのは、私の恋人の名前。

もちろん、実在のオトコなんかじゃない。空想上の恋人だ。紙の上に鉛筆で作り上げた理想の男性。だから、設定もめちゃくちゃ妄想炸裂。

身長182㎝、体重は……男のひとの体重なんてわかんないけど、すらっと細い。髪の毛はさらっさらの金髪で、目は海を映したようなブルー。なぜって、彼は日本人の父親とドイツ人の母親のハーフなんだから。英語とドイツ語とフランス語はお手のもの。

現在、神戸大学文学部三年生、二十一歳。ロックバンド「ジュライダウン」のボーカル兼リードギタリスト。作詞作曲も手がけるが、詞は全部英語で書く。神戸のライブハウスで月イチライブ。神戸じゅうの女の子が殺到。「ヒデホのカノジョになりたい！」と女の子たちが騒いでも、どこ吹く風。

悪いな。おれには、もう決まった人がいるんで。

クールにかわす態度に、女の子たちはいっそう胸きゅーん。もちろん、私も。

ねえ、ヒデホ君。ほんとに、私なんかでいいのかな？

素肌に黒い革ジャン、黒いスリムのジーンズに革のブーツ。胸もとのカモメの形のペンダントを揺らして、バックステージで彼が立ち止まる。振り向いた彼の瞳。私を一点にみつめる瞳は吸いこまれそうに青い。

いま、なんて言った？

私は、すっかり真っ赤になって、おどおどと答える。

だから……私なんかでいいのかな。ヒデホ君の周りには、すっごくきれいな大人の女のひとがいっぱいいて。親衛隊の隊長さんも、ヒデホをいちばん好きなのは私よ、って言ってたし……。

へえ？　それであゆは、なんて言い返したの？

私は……私は……あの……その……あの……とさらに真っ赤になる。

……ヒデホ君を世界でいちばん好きなのは、私です、って。

形のいい指がおでこに伸びてきて、やわらかく私の前髪をかき上げる。彼の顔が近づいてくる。くちびるとくちびるが、触れるか触れないかの距離に。

その言葉、そっくり君に返すよ、あゆ。

あゆを世界でいちばん好きなのは、おれだ。

「ちょっとお。何しよるん？　でーれー佐々岡ぁ」

急に声をかけられて、私はあやうく欄干の上に広げていたノートを落としそうになった。

声の主は、武美だった。自転車にまたがったまま、こっちを見ている。その姿を見て、私は胸を鳴らした。

黒のフレアースカートに、襟もとが大きく開いたフリルのブラウス。ずいぶん大人っぽい格好をしている武美は、思わず目が泳いでしまうほど色っぽかった。一瞬、クラスメイトたちの囁く声が鼓膜《こまく》によみがえる。

おかんの働きよるスナックで皿洗いのバイトしとんじゃて。

ほんまに皿洗い？　もっとヤバいことしよるんじゃねえん？

そうじゃそうじゃ、武美はもうバージンじゃねえんよ、きっと。

あわててノートを鞄に隠して、私は無理やり笑顔を作ってみせた。

「あっ……いやあの、なんか、この橋の上、気持ちいい場所だなって思って」

自転車を欄干に寄せて停めると、武美はいぶかしそうな顔つきで近づいてきた。

「あんた、家こっちじゃったん？」

「いや、下伊福……奉還町のほう」

「反対方向じゃが。なんでわざわざ、こねーなとこに突っ立っとるん？」

武美の追及に、私はいっそうおどおどして、何も答えられなくなってしまった。武美は注意深く私の表情を観察しているようだったが、

「デート？」

意外なことを訊かれて、私は飛び上がりそうになった。

「そんな……そんなわけ、ないじゃん……ないじゃが？」

私がヘンテコな岡山弁を使うと、武美はいつも軽く噴き出す。決して馬鹿にしているわけじゃない、とわかる。なんとなく、「しょうがないなあ」というような、親愛のニュアンスを感じる。だから、私はわざと武美に向かってヘンテコ岡山弁を使うのだ。

ところが武美は噴き出したりせずに、例の挑発的なまなざしを向けてきた。そして、さ

らに意外なことを言ったのだった。

「隠さんでもええが。わかっとるって。あんたの恋人、ヒデホ君」

ぎょっとした。とたんに、大声を出してしまった。

「な……なんで知ってるの⁉」

力いっぱい武美の両腕をつかむと、今度は私が必死に追及した。

「なんでなんでなんで⁉　私、話したっけ⁉　武美ちゃんに彼のこと、なんか話したっけ⁉　誰にも話したことないのに⁉　ね、ね、なんで⁉　なんでなんで⁉」

私のあまりのリアクションに、武美が一瞬、引くのがわかった。少し硬くなった表情を見て、つかんだ両腕をぱっと離した。武美は自転車まで二、三歩戻ると、前カゴに入れた布バッグをごそごそと探り、ノートを取り出した。

「……これ」

あっ、と私は小さく叫んだ。

私のノート。マンガのノートだ。表紙に『ヒデホとあゆの物語(1)』と書いてある。最近、見当たらなかった「ヒデホとあゆのシリーズ　その1」だ。

「このまえ、あんたの鞄の中身、引っ張り出したじゃろ？　そんときに、うちの机の下に落としたままじゃったんよ。すぐ返さにゃおえんて思うとったけど、なんか、でーれーおもしろうて……」

私の目を見ずに、武美はそう言った。

その瞬間、ふたりのあいだを音もなく川風が吹き抜けた。武美の明るい茶色のくせ毛が風の形に揺れた。

「でーれー……おもしろかったの？」

恐る恐る、私は確かめた。武美は、にこっと笑ってうなずいた。

「うん。でーれー、おもしろかった」

それは、私が生まれて初めて、「読者」というものを得た瞬間だった。

いまから行くところがあるからちょっとだけな、と前置きして、武美は私と並んで川面を眺めながら、欄干の上にぱらぱらとノートを広げて、マンガの感想を話してくれた。

ノートの裏にでかでかと「㊙」と書いてあったので、どうしようかと思ったけれど、読んでしまった。だって、1ページ目に描いてあった扉絵のヒデホがあんまりカッコよかったから。

ヒデホに片思いをしてる主人公の女の子は佐々岡鮎子だとすぐにわかった。美化しているには違いないけど、髪型とか、ちっちゃい目とか、体型とか、そのまんま佐々岡を思い出させるものだったから。

ひとコマ目に「この物語は実話である」って書いてあって、「うそ〜」と思ったけど、途中から「もしかしてほんとかも？」と思い始めた。だって、あゆがヒデホを思う気持ちが、いきいき、きらきらして、十六歳の女の子そのままだったから。

最後まで、一気に読んでしまった。読んだ日は、なんだか眠れなかった。興奮してしまって。あゆとヒデホは、このさきどうなるのかな。くっつくといいな。いや、くっついたらちょっとくやしいな。そんな思いが頭の中を駆け巡って。

「早よ返さにゃおえん、思うとったんじゃけど……なんだか、このノートが見れなくなるんが寂しゅうて」

武美は、正直に言ってくれた。その言葉は、私の胸の深いところにそっと触れた。

「いいよ。そのノート、あげる」

川面に落としていた視線を、武美はようやく私に向けた。私は、澄んだ茶色の瞳をみつめて、まっすぐに、嘘をついた。

「そのほうが、ヒデホ君も喜ぶと思うし」

「ほんまに？」

「うん、ほんまに」

なぜだかわからない。けれどそのとき、私は、武美に信じてもらいたかった。

私の創り出したヒデホ君がこの世に存在するという嘘を。

そうすることで、何かしら武美の力になればいい、と思ったのだ。

武美にまつわるさまざまな風評。アメリカ兵の父親。水商売をしている母親。母子家庭。スナックでのアルバイト。

売春をしている、なんていう心ない噂もあった。

何がほんとうで、何が嘘なのかわからない。だけど、もしもこのさき、武美の人生に、彼女が望まない何かが起こったとして。そのときに、ほんの少しでいい、励《はげ》みになる力を、私は彼女にあげたかった。

「……ほんまに、おるん？　ヒデホ君って」

ノートをぎゅっと抱きしめて、武美が訊いた。私は、ひとつだけうなずいた。

「ほんじゃあ、あんたら、付き合《お》うとるん？」

「付き合ってるっていうか……私はそのつもりだけど。向こうがどう思ってるかは、わからないなあ」

「え？　それ、どういうことなん？　あゆは付き合うてるつもりでも、ヒデホ君は……なんにもしてくれん、ってこと？　AとかBとか？」

その頃、女子高生たちは、キスを「A」、体にタッチすることを「B」、セックスすることを「C」と隠語で話していた。妊娠を「D」、堕胎を「E」。ちゃんとした単語を使うのが、まだまだ憚《はばか》られた時代だった。

「うん、そう。AもBも、ぜんぜん。そんなの、まだまだ、さきだよ」

武美が、ほっと息をつくのが聞こえた気がした。

「そうじゃな。あゆにはまだ早ええわ」

「そんなことないよ。あと一歩だもん」

「ええっ、そうなん？　じゃったら、もしAまでいったら、最初にうちに教えてよ？　な

あ、あゆ、約束よ？」

「うん、わかった。約束する」

「ほんで、いつかうちにも会わせてな、ヒデホ君に。な？　あゆ。約束じゃで」

「わかった、わかった。約束するよ」

初めて、あゆ、と呼んでくれた。

何よりそれが、いちばんうれしかった。

恋に恋をしていた。武美も、私も。

恋をしてみたい。何もかも、奪われるような恋を。

だけど、ほんとはちょっと怖い。いまの自分じゃなくなってしまうみたいで。

私たちは誰もが野に咲く花のようだった。いつか現れるだろう愛する人の手で連れ去られることを、望みながらも恐れていた。

だから、私は嘘をついた。決して現れず、決して奪わない、恋人がいるのだと。

だから、武美は信じたのだ。決して傷つけず、決して裏切らない、そういうひとが、たったひとり、この世界にいるのだと。

「ほんとうにお世話になりました。突然お邪魔してしまって、さんざんごちそうになってしまって……」

武美のお義父さんとお義母さんに見送られて、私は門前で頭を下げた。あちらも、何度もていねいに頭を下げる。

「こげえな田舎じゃけど、また来てやってつかあさい。いつでも待っとりますんで」

「うちも一緒に待っとりますんで」

そう言って、武美も頭を下げた。私は微笑んだ。

「講演会は、明日の午前十一時じゃったかな？」とお義父さんが念を入れる。

「ええ、シラサギ女子高の講堂で。みなさんでいらしてくださいね」

お義父さんとお義母さんは、ともにうなずいた。

駅までの一本道を武美に送られて歩いていく。十歩歩いて、振り向く。老夫婦が手を振っている。もう十歩歩いて、振り向く。やっぱり、手を振っている。

「おかしいじゃろ。いっつもあんなんよ、あのふたりは」

武美がくすくすと笑う。毎朝出かけるとき、門前でお義母さんが、ときには夫婦そろって、いつまでも武美を見送るのだそうだ。

「毎朝、これが最後、永遠の別れじゃ、っていうみたいにな」

私は、そうなんだ、とほのぼのとした気分になる。

「ねえ、武美ちゃん」

「うん?」

「シラサギに通ってた頃。けっこういい時代だったよね」

「うん、そうじゃな」

「でも、いまもよくない? こういうのも」

私の質問に、武美はほんの少し遠い目をした。それから、くすぐったそうに笑った。

「うん。でーれー、ええな」

肩と肩をこつんこつんとぶつけ合いながら、武美と私は、ゆっくりと駅への道を歩いていった。

♯3

時間よ止まれ

武美の家から電車に乗って岡山駅まで帰ってきた。今度は駅前から路面電車に乗って、ごとごと揺られていく。

シラサギ時代のクラスメイトで同窓会を企画してくれた篠山みずのとランチの約束をしていた。三連休の真ん中の日曜日だったが、みずのは書店員のパートをやっていて、その日は「出の日」ということだった。だから、勤め先の近くのカフェできっかり一時間しか時間がないけど、ちょっとお願いごとがあるから会ってほしい、と頼みこまれたのだ。

「でーれーおいしいランチの店なんじゃ。うちがおごるけえ。な?」

同窓会の席で妙に熱心に誘ってきた。幹事もしてくれたことだし、積もる話もあるし、もちろん会うことにした。みずのはほんとうに飛び上がって喜んだ。グラマラスな体でどすんどすんと跳ね上がったので、周りにいた同窓生たちが「うわ、揺れるわぁ」と、テーブルを押さえつけていた。

城下、という停留所は岡山駅前からみっつめで、信号に引っ掛からなければ乗っている時間はほんの五、六分だ。別に駅から歩いたって十分かそこらなんだけど、私はあえて電車に乗った。少しでもラクをしたいと思ってしまう寄る年波のせいもある。けれど、何しろ私はこの路面電車が大好きだった。

岡山のものに限らず、路面電車という乗り物は私にとって特別な乗り物だ。マンガ家なんてそんなにあちこちに出かける職業じゃないから、めったに乗ることもないけれど、それでも旅行や取材で出かけていった地方都市に路面電車があれば、タクシーなんかに乗らず、迷わずそれに乗った。

いま、なつかしい電車に揺られてみると、どうしてこれが「特別な乗り物」なのか、よくわかる。

私が十六歳だった頃はもちろん、なんでも百年近くまえからずっと、この電車は岡山市の中心部を走っているらしい。百年まえの人も、三十年まえの私も、いまの私も、おそらくはほぼ同じリズムで揺られているのだ。最近は「おかでんＭＯＭＯ」などというハイテクカーも導入されたり、車内コンサートやワイン電車なんていう楽しげな企画もあったりするようだが、なんといっても、時を超えて同じリズムで走っている、という事実が、私には魅力的だった。ことさらに、十代のまぶしい季節をこのリズムに揺られて過ごした、という体感的な思い出があるからこそ、路面電車は私にとって特別な乗り物なのだ。

私がこの街に暮らしていたのは、もう三十年近くもまえのことだ。その頃のできごとはほとんど忘れてしまっている。

それなのに、ごとごとというリズムに身を任せると、この街で過ごした時代のささやかな思い出がいっせいに息を吹き返す。わずかみっつの停留所を数えるあいだにも、友人たちの笑い声がよみがえる気がする。

気がつくと、城下の停留所に着いていた。あやうく乗り過ごしそうになって、急いで電車を降りる。停留所は駅前から続く目抜き通り「桃太郎大通り」の真ん中にあった。横断歩道を渡ると目の前は表町《おもてちょう》商店街の入り口である。「城下カフェ」はそのすぐ右手にあった。「城下にある『城下カフェ』ゆうたらそこしかねえから。すぐわかるけえ」とみずのは言っていたが、確かに迷いようもない。

通りに面した広いガラスから中をのぞいてみると、大変なにぎわいようだ。ドアを開けてすぐ右手の大きなテーブル席にみずのが座っていた。「アユコ大センセ、ここ、ここ」と大声を出して、両手をバタバタ振り回す。そんなにしなくても、すぐわかるってば。

「わあ、うれしいわあ来てくれて。ここ、すぐわかった?」

顔を上気させてみずのが言う。うん、とうなずいて、私は店の中を見回した。みずのの背後には大きな書棚があり、天井までいっぱいの本が並んでいる。現代作家の小説やインテリアの雑誌は、つい手に取って眺めたくなる。

明るい店内には木製のテーブルと座り心地のよさそうな椅子が並び、ブランチを楽しむ女性客で満席だった。オーダーを取りにきた男性スタッフに、本日のランチを注文する。

「ここ、ケーキもおいしいんよ」とみずのが囁く。

「日本全国の人気ロールケーキとかシュークリームとかが、でーれーあるんよ。んもう、迷うてしもうてから、うち、いっつも二個以上食べてしまうんじゃわあ」

そんなことを言うので笑ってしまった。つまり、三個食べるときもあるわけね。

「あいかわらずだねえ。昔から甘い物に目がなかったもんね、みずのは」

「そうなんよ。『白十字《はくじゆうじ》』のチーズケーキとか、いまだに三個ぐらいぺろっといってしまうが」

白十字、と聞いて、すかさず私は反応した。

「あるんだ、いまも。『白十字』のチーズケーキ。一番街に？」

みずのはうなずいた。

「あるんよ。昔のまんま、同じとこに」

岡山一番街とは、岡山駅の地下街のことだ。そこにいまもあるという「白十字」は老舗《しにせ》の洋菓子店で、いまではちっとも珍しくなくなったチーズケーキを私たちが高校生の頃すでに販売していた。甘味センサーが異様に発達していたみずのが嗅《か》ぎつけて教えてくれたのだ。下校時に買って、待ちきれずに歩きながら箱から取り出して食べた記憶がある。その味は、なんというか、センセーショナルだった。

そのチーズケーキがいまなお健在と知って、もうひとりの同窓生が元気でがんばってくれているような気分になった。

「ほかにもまだなつかしいもんあるよ。うちらが高校時代ハマってた……『木村屋《きむら》』のバナナロールじゃろ、『夢二《ゆめじ》』のえびめしじゃろ、『野村《のむら》』のデミグラスソースかつ丼、『モッツァレラ』のピザ……」

「え、うそ⁉ 『夢二』ってまだあるの？ 『モッツァレラ』も⁉」

興奮のボルテージが一気に上がった。みずのに負けず劣らず私も食いしん坊だったのだ。家族や友人と通ったなつかしい店が、そんなにたくさん残っているとは。

「そうなんだ。こういうおしゃれな新しい店がいっぱいできて、古い店はなくなっちゃったかと思ったよ」

湯気を立ててランチセットが運ばれてきた。ぷりぷりのえびカツをほおばりながら、あと二日間の滞在でなつかしい店をどのくらい回れるか、頭の中で計算する。

「まあ、当然なくなった店もようけあるけどな」

「たとえば？」何気なく訊くと、

「柳町《やなぎまち》にあった、『すわき後楽《こうらく》中華そば』」

「はあ……そうなんだ」声のトーンが下がる。

「おいしいラーメン屋だったよねえ。私は親と一緒に何度か行っただけだけど。確かみずの、補習のあと暗くなってからも、いそいそ通ってたよねえ。

「まあ、おかげで危ない目にも遭ったけどな」

その頃柳町は岡山一の歓楽街で、不良学生がうろうろしていた。当然、女子高生にとってはレッドゾーンだった。それなのにみずのは、「すわき」のラーメン食べたさに単独で出入りしていたのだ。

「それから、ほかには？　どんな店がなくなったの？」

続けて訊くと、

「そうじゃな……『どんきほーて』とか」

無意識に、箸が止まった。みずのの視線が私の表情を追っているのがわかる。そうなんだ、と私は、下を向いたままつぶやいた。

「もともとボロい店じゃったしなあ。いまはマンションになっとるよ」

私は無言で二個目のえびカツを口に運んだ。みずのも黙ってえびカツを食べる。さくさくと口の中で衣《ころも》が砕《くだ》ける音がする。

「どんき」がなくなった。

古い友だちが遠くへ行ってしまったようで、無性に寂しさがこみ上げてきた。


十六歳の、夏が来た。

夏休みまえに期末テストがある。それに向けてクラスの全員ががりがりと勉強に励んでいた。

私がいたクラス、白鷺女子高進学クラス「Z組」は、国立大学や有名私立大学への進学のために設けられた特別クラスだった。その頃、岡山では、優秀な子供たちの多くは県下に四つある県立の進学校に所属していた。一方、歴史と伝統を誇るシラサギは、そういう県立高に対抗して独自の進学クラスを創設した。

この特殊なクラスに集まった生徒たちはふたつのタイプに分類された。ひとつは、祖母の代から「シラサギさん」で、祖母や母がシラサギ以外に進学を許さなかった優秀な子。もうひとつは、県立進学校に落ちて、でも絶対にいい大学に進学したいとむきになっている子。ちなみに私は後者だった。ただし、別段むきにはなっていなかったが。

私は中学三年まで東京に生まれ育ったが、父の転勤に伴い、岡山の高校に進学することが決まっていた。学力レベルと本人の希望を合わせて受験先を考慮し、県立の進学校と、シラサギの二校を受けた。県立のほうは、あえなく落ちてしまった。実は、ちょっとナメていたのだ。地方の県立高校なんてたかがしれてる、なんて。岡山大学をやすやすと合格した兄に比べれば、私は出来も要領も悪い妹だった。

共学の高校に行けないことになってしまって、心底がっかりした。共学高校で勉強・部活・恋愛と三拍子揃って青春を謳歌《おうか》（っていう言い方もいまどきないだろうけど）していた兄を見ていたので、当然自分もそうなるだろうと想像していたのだ。女子高になんか行ったら男子と接触するのはきわめて難しくなるだろう。高校生になりさえすれば、アニキのように、もっと積極的に男女交際ができるようになるんじゃないか？　とうっすら期待していたのに。

中学時代にちょっとだけ好きな男子はいたけれど、もちろん告白なんかできなかった。東京でだってそんな調子だったんだから、岡山に行けば、出会いの確率も告白の確率も、男女交際に発展する確率も、いっそう低くなるだろう。彼氏なんて夢のまた夢だ。

恋愛に向けるべきあり余るエネルギーは、本来なら勉強に向かうはずだった。ところが、私の興味とエネルギーは勉強になどちっとも向かわなかった。向かった先は、マンガだった。

中二の終わりくらいから描き始めたマンガ『ヒデホとあゆの物語』がおもしろくなってきていた(読者は自分ひとりだったが)。受験まえに一時中断はしたものの、地方都市に引っ越すことが決まり、受験に失敗し、男女交際の可能性も限りなく0%に近くなり、私はいよいよ気合いを入れてマンガを描き続けた。

そして春。友人たちとの別れ、引っ越し、入学、新学期の開始など、あわただしい日々の中で、私は画筆《がひつ》をますますふるった。

あの頃の精神状態を的確に表現するのは難しい。ことに入学直後の一、二か月間は、方言の壁もあり、地方の女子高生特有の徒党感覚にも入っていけず、なかなかクラスになじめずにいた。それでいっそう自分の世界に閉じこもってしまった。

ヒデホ君は、いる。いつしか私はそう思うようになっていた。いや、そう思えるように努力していた。

ヒデホ君は、この世界に存在している。そして、私のことを愛してくれている。

私は、あのひとの恋人。どんな女の子もひと目で好きになってしまうカッコいい人の恋人。

そう思うと、自然と背筋が伸びた。制服のリボンの結び方にも髪型にも気をつかって、あのひとの恋人として、決して恥ずかしくないように。

クラスで孤立しながら、クラスメイトの誰とも自分は違う、特別な女の子なんだと思っていた。なんといっても、私はヒデホ君の恋人なのだから。

まったく、「ヒデホ君」が想像上の恋人でよかったと思う。ほんとうに「ヒデホ君」が存在していたら、きっと私は、彼に言われるままに身も心も捧げ、彼と逃避行して、十七歳かそこらで妊娠、出産して、青春時代をあっけなく棒に振っていたことだろう。

そんな私に、生まれて初めて読者ができた。

同じクラスの武美。茶色っぽくてふわふわの髪と、どことなくエキゾチックな顔立ち。彼女が教室に一歩足を踏み入れただけで、その場の空気が清々《すがすが》しく緊張するような美少女。

スナックを営んでいる母親と米軍兵とのあいだに生まれ、父親は母子を捨ててアメリカに帰ってしまった。家計を助けるために母のスナックで働き、どうやら客の相手もしているらしい。そんな噂が、まことしやかに囁かれもしていたが、結局、武美の口から自分の身の上について聞かされることはなかった。

東京から来た私を最初はからかっていたが、やがて興味を持って近づいてきた。私のマンガノートを、偶然目にしてしまってから。

ヘンテコな方言をわざと使っていた私は「でーれー佐々岡」などと呼ばれていたが、武美が親しく「あゆ」と呼んでくれるようになってからは、クラスメイトも自然とそれに倣《なら》うようになった。

武美は私の最初の読者であり、友だちになった。そして、「ヒデホ君」の最初の信奉者でもある。

進学クラスでは「シラサギが誇る精鋭」四十名の女子が机を並べていた。朝九時の始業からみっちり七時間目まで授業が組まれている。そのあとも希望者は補習に残ることができる。塾になど行かなくとも思う存分勉強できる環境は整っていた。

精鋭四十名の中でも、勉強態度はふたつのタイプに分かれていた。ひとつは、親に言われてここに入ったからまあ適当に勉強して付属大学に行けばいいや、とはなから決めている「なるようになる」型。もうひとつは、県立に入れなかったくやしさを全身全霊でぶつける「なせばなる」型。私は後者、と言いたいところだが、このどちらにも属さず、あくまでも力点はマンガを描くことに置きつつ、遅れない程度に予習復習はしておく、という感じだった。

武美もどちらにも属さず、独特の立ち位置を保っていた。ガリガリ勉強するわけでもなく、かと言ってぼんやりしているわけでもない。テストのまえになれば、「あゆ、ヤマ張ってぇや。どこがテストに出るん？」と私に接近してきた。効率よく勉強し、テストではすべての科目で40点以上70点以下を目指す。無駄なことが嫌いな武美らしい筋肉質の勉強法だった。

夏が訪れる頃には、私と武美はけっこう仲良しになっていた。

武美は学校に内緒でアルバイトをしていたが（それが何なのかは教えてくれなかった）、バイトのないときは、私たちは連れ立って鶴見橋付近を歩いたり、表町商店街や一番街をぶらぶらしたり、喫茶店（あの頃はカフェなどという呼称はなかった）でとりとめもない話をしたりした。驚いたことに、話をするのはいつも私のほうだった。私は武美の話をもっと聞きたかったのだけれど、いつだって武美が「ほんで、きのうはヒデホ君となんか話したん？」と先手を打ってきて、結局こっちが話し始めることになるのだ。

私の話の内容は、もちろんヒデホ君のこと。

バイクの後ろに乗っけてもらって夜明けの海を見に走ったとか、彼のライブのときに楽屋までサンドイッチを届けたとか。

会えば、いつでもすぐに「好きだよ」と囁いてくれる。別れるときは、「離したくない」と固く抱きしめてくれる。

マンガそのままに、十六歳少女の妄想が炸裂。武美は目を輝かせて私の話に聞き入った。

私たちが特に気に入っていた場所は、屋外では鶴見橋だったけど、屋内の定番は喫茶店「どんきほーて」だった。

「どんきほーて」は、岡山市内の高校生たちが放課後や休日に足しげく通う喫茶店だった。

表町商店街から少し外れた路地を歩くと、布団屋と仏具屋にはさまれて、ログハウス風の作りの店が見えてくる。フォークソングっぽい臭いのぷんぷんする店構え。ドアを開けると、カランカラン、とベルが鳴り、吉田拓郎《よしだたくろう》の「落陽《らくよう》」が大音量で聞こえてくる。「はい、いらっしゃ～い」とカウンターの中から声をかけるマスターは、くしゃくしゃのパーマヘア、青いチェックのネルシャツに擦り切れたブルージーンズ。カウンター席に座っている常連客は、みんな似たような感じのファッションに身を包んだ岡大のお兄さんたち。傍《かたわ》らにギターケースを置いている人もいて、向こう側が見えないくらいタバコをふかしている。私たちが入っていくと、いっせいにひげ面をこっちへ向ける。視線だけで妊娠させられてしまいそうで、私たちは足早に二階へ駆け上がる。高校生以下の領域は二階で、カウンターに座ることができるのは（つまりマスターとの音楽談議に参加できるのは）大学生以上、と決まっているようだった。ある意味健全な住み分けだったかもしれない。

二階のテーブル席は全部で七、八席あったが、席と席のあいだにはキャンバス地の布が垂《た》れていて、その上いっぱいにサインペンやボールペンで落書きや詩が書いてある。それを読んだり、自分も書きこんだりするのが楽しかった。一番奥の席だけは木製の間仕切りが立ててあって、テーブルの全容は見えない。ちょっと進んでいる子は、どうやらこの席に陣取ってあれこれ悪さをするらしい。タバコを吸ったりコークハイを飲んだり、ポルノ小説を読んだり。一度、トイレに行くとき何気なく奥の席に目をやったら、テーブルの下で絡み合う四つの足が見えてぎょっとした。黒い制服のズボンと、紺色のプリーツスカート。白いソックスの足が、ズボンになまめかしく絡みついている。あわててトイレに飛びこんで、わざと大きな音を立ててドアを閉めた。心臓が胸の中で飛びはねた。「奥のテーブルはのぞかんほうがええよ」と、最初にこの店に来たとき武美が忠告していたことを思い出した。

武美は中学生の頃から「どんきほーて」に出入りしているらしかった。本棚に置いてある本を読んだり（雑誌「ギャルズライフ」やマンガ『ハイティーン・ブギ』、詩の同人誌などがぼろぼろになって積んであった）、大音量でかかっている吉田拓郎や井上陽水《いのうえようすい》や中島《なかじま》みゆき、サイモン&ガーファンクルの音楽に聴き入っていたそうだ。

「ひとりで来てたの？」と訊くと、

「ひとりで来とったよ」と答える。ずいぶんませた中学生だ。

武美は本棚の一番上に置いてあるノートを持ってくると、ぱらぱらと開いて私に見せた。

「この『どんき自由ノート』がおもしろうてなあ。なんでも書いてええんよ。お客同士で『伝言』のやりとりとかもできるけえ……あ、『ひとりぼっちのサリー』さんの詩があるが」

コークハイにレモンと涙を浮かべて　今夜はひとりで飲みましょう　右腕のしびれはゆうべの甘い想い出さ　君が眠るまで腕枕していたから

君が居れてくれたモーニングコーヒー想い出し　コークハイをひとりで飲みましょう

……

武美は噴き出した。

「『君が居れてくれた』じゃて。字が違おうが」

「コークハイ飲みながらコーヒーを想い出すっていうのもなあ……まあ、どっちも黒いけど」

私たちはノートをあちこちひっくり返して、くすくす笑い合った。武美は、ノートの新しいページに「武美参上！」という書き出しで、インクのかすれたボールペンを走らせた。


武美参上！

今日は、友だちのあゆと、初めて一緒にどんきに来ました。

最近、気になる人がいるんだ。

ヒデホ君っていうんだけど、もう、でーれー♡かっこいい‼

残念なことに、あゆの彼氏なんだよね……この幸せ者‼

うちにも、ヒデホ君みたいなカッコマンが現れんかな～☆

武美の字は、びっくりするほどきれいだった。その頃女子中高生のあいだで流行っていたころころと丸っこい文字はどこにもなく、すっきりとのびやかで、教科書のお手本のように整った字だった。

「すごい。きれいな字……」

自然と言葉がこぼれた。誰かが書いた字を見て、こんなに感動したのは初めてだった。

同時に、「友だちのあゆと」と書いてあることにもいたく感動してしまった。「ヒデホ君」のくだりはほとんど目に入らなかった。

「武美ちゃん、お習字とかやってたの？　こんなきれいな字見たの、私初めてなんだけど」

はあ？　と武美は気の抜けた返事をした。

「そんなん、やっとらんよ。でもまあ、うちのおかんが何かあるとすぐ本読めとか字を書けとか言って、児童文学の本とか、丸一冊写したりもしたけど」

へえーっ、と私は感嘆の声を出した。

「私も似たようなこと、したことあるよ。丸一冊描き写した」

「そうなん？　どんな本？」

「手塚治虫の『ブラック・ジャック』」

あはは、と武美は楽しそうに笑った。

「あゆんちのおかんは心が広《ひれ》えんじゃな。マンガ描き写しても文句言わんのじゃけえ。うちは小学校のときなんか、マンガ禁止じゃったからな」

「うわ、厳しいんだね。武美ちゃんのお母さんは……」

スナックのママなのに、と言いかけて、あわてて引っこめた。

「武美ちゃんのお母さんは……その、武美ちゃんに、文字を書く仕事とか、将来やってもらいたいんじゃないの」

口からでまかせを言ってしまった。けれど言ったあとで、きっとそうなんだ、とひらめいた。

武美のお母さんがどんな人で、どういう家庭なのかはわからない。けれど、幼い頃から本を与え字を書かせ、こんなふうにきれいな文字を書く感性の豊かな女の子に育てたのだ。マンガを禁止してまで。本や文字に親しむ女性に成長してほしい、と願ってのことに違いなかった。

「はあ？　文字を書く仕事？」

武美が、また素っ頓狂な声を出した。

「だから、書道家とか小説家とか……」

私の推測を、武美は「うちがぁ？　まさかあ」と一笑に付した。

「そんなん、うちのおかんが考えとるわけねえじゃろ。あの人が」

自分の母親を、あの人、と呼んだ瞬間、武美母娘の微妙な距離を感じてしまった。

私は一瞬、うろたえた。これ以上母親を話題にしてはまずい。

「そういえばさ、きのう遅くにヒデホ君から……」

武美がぐいっと身を乗り出してきた。

「そうそう、それ。そのことを聞きたかったんよ。ヒデホ君が、どしたんどしたん?」

「電話があってさ。でも、なかなか終わらなくて、お母さんがでーれー怒ってさあ」

「ほんでほんで? でーれー怒られて、ほんでどうしたん?」

ヒデホ君の話題にもう夢中になっている。私は胸をなで下ろした。

「『もう切るね』って言ったんだけど、『まだ切るなよ。君の声、もっと聞いてたいんだ』って」

はあっと武美がため息をつく。

「でーれーかっこええわあ、ヒデホ君。ほんで、電話切らんかったん?」

「で、私はね、『一分以内に切らなかったら今月分の電話代全部あんたが払いなさいよ!』ってお母さんが言ってるから、もう切らなくちゃ……』って言って……」

電話代くらい、おれが払ってやるよ。このまえのライブでけっこういいギャラもらったし。

え、悪いよそんな。自分でなんとかするよ。お小遣い貯《た》めてるもん。

だめだ。君のお小遣いは、おれに会いにくるときの電車代にするんだろ? もうこれ以上、君に会えない日が続くのは、おれはごめんだぜ。

あゆ。おれ、一分でも一秒でも長く、君の声を聞いていたいんだ。一日でも一時間でも早く、君に会いたいんだ。

ヒデホ君、ほんと？

ほんとだよ、あゆ。愛してる。世界中の誰よりも……。

はあーっ、と長いため息を武美が放った。

「ええなあ。あゆ、あんたほんまにでーれー愛されとるんじゃなあ……」

薄茶色の瞳が夢見るように潤《うる》んでいる。その瞬間、武美はヒデホ君に憧れる純潔な乙女だった。クラスメイトたちの意地悪な噂話を、ふと思い出す。

武美はもうバージンじゃなかろう？

「……そうかなあ」

つい、声に出して言ってしまった。私の目の前にいる武美は、みんなが噂しているようなすれた女の子じゃない。そりゃあ、こんな喫茶店に中学生の頃から出入りするようなませたところはある。けれど、恋愛に関してはまだ固いつぼみなのだ。

「そうかなあって……そうに決まっとるじゃろ！　愛されとるに決まっとるって！　そうでなきゃ、おえんのじゃって！」

私がつい漏らしたひと言に、武美は異常に反応していた。私がヒデホ君の愛情を確信し

切っていないようなのが、どうしても許せないらしかった。武美の顔が本気で怒っていたので、私はあわてて、

「ごめんごめん。そうだよね、愛されてるよね。疑うなんて私、ほんとどうかしてる」

そう言って武美をなだめた。武美は肩で息をつくと、

「トイレ行ってくるけえ」

急に席を立った。下を向いた目が、ほんのり涙ぐんでいるように見えた。

ぞくりとした。武美が、こんなに真剣に「ヒデホ君」のことを信じこむなんて。全部嘘なのに。私の想像の産物なのに、という思いが頭をもたげた。けれどその思いに勢いよくふたをした。

嘘じゃない。ヒデホ君は、ほんとうにいるんだ。

私のことを愛してくれているんだ。

でも、ほんとうのほんとうに、ヒデホ君がいるならば。

そして彼が、武美に会ったとしたならば……。

武美が戻ってきた。白い顔に驚きが浮かんでいる。私は首をかしげた。

「どうしたの？　なんか顔色悪い……」

がばっと私の隣に座るなり、武美が耳もとで囁いた。

「ヤバいっ、奥の席っ。囲まれとるんよ、山岡《やまおか》高の男子に……うちらのクラスの篠山みずのが」

　えっ、と私は息をのんだ。

　篠山みずの。Z組の学級委員長だ。

　武美が美しく陰のある孤高系アイドル（山口百恵とか）だとすれば、みずのはさわやかむっちり健全系アイドル（榊原郁恵《さかきばらいくえ》とか）タイプだった。学級委員長を誰もやりたがらなかったのを進んで引き受けた。ぽっちゃりした体型と、ペコちゃんみたいにくるくるよく動く丸い目。甘いもの、おいしいものが大好きで、十六歳にして趣味は食べ歩き。こんなシケた喫茶店の奥座敷にはもっともふさわしくない女の子なのに。

　しかも、山岡高といえば、このへんではいちばんワルいと噂の男子高だ。

「ほんとに？　なんかされてるの？」

「いや、わからんけど……ちらっとのぞいただけじゃけど、みずの、真っ青じゃったわ」

　私たちは顔を見合わせた。お互いの顔から血の気が引いているのがわかる。

「どうする？」と訊くと、

「あたりまえじゃろ。突撃じゃ」と、武美が囁いた。

「ちょっ、ちょっと待って武美ちゃん！　それはマズいんじゃない？」

腰を浮かせかけた武美を押さえつけて、私は言った。

「みずのは学級委員長でしょ。こんなとこに出入りしていること、誰にも知られたくないはずだよ。見なかったことにして、私たちは黙って帰ったほうがいいんじゃないの？」

武美は私をじっと見た。それから、ぼそっとつぶやいた。

「ヒデホ君じゃったら、絶対助けに行く」

どきりとした。

返す言葉を探すうちに、武美は立ち上がると、一階へ下りていった。つられて私も立ち上がり、階段と奥のテーブルのあいだでおろおろするばかりだ。

しばらくして、軽快な足取りで武美が階段を上ってきた。なんと、制服の上に青いネルシャツをはおり、エプロンをしている。片手には銀のトレー、その上にアイスコーヒーの入ったグラスを載せて。

「あんたはここにおって」

すれ違いざまに、すばやく私に囁いた。そして、「おまちどおさま～」と大声を出して、堂々と奥のテーブルに突っこんでいった。私は呆然と立ち尽くしたまま、ネルシャツの後ろ姿を見送った。

「はい、ご注文のレイコね」

「レイコ」とはアイスコーヒーのヤンキー用語だ。

「なんじゃ？　そねえなもん頼んどらんが。間違いじゃねえの？」

男子生徒のダミ声が聞こえる。武美のとぼけた声が続く。

「あれ？　間違いじゃったかな……そうじゃな、このテーブルはコークハイしかオーダーしよらんな。学生さんなのになあ」

「お前も学生じゃろうが。こねぇなとこで働いてもええんか。お？」

「うちは貧しい母子家庭じゃけえ、バイトするんは学校の許可をもろうとる。あんたらは法律の許可なしに酒を飲みよるんじゃろ？　いますぐ山岡高に電話すりゃあ、一発補導じゃな」

「なんじゃと⁉　やるんか、コラ！」

ガシャン、とグラスの倒れる音がした。あっと武美が小さく叫ぶのが聞こえた。その瞬間、私は夢中でテーブル席に飛びこんでいった。

「あっ、あのっ店員さん！　そのアイスコーヒー、こっちなんですけど！」

全員、こっちを向く。私は恐る恐る、そこに集まっている顔を眺めた。

山岡高の男子生徒の、みっつの顔。額《ひたい》に剃《そ》りこみを入れたのと、目がキレそうに血走ってるのと、口もとに生傷があるの。めちゃくちゃコワい。

篠山みずのの顔。ぽっちゃりした頬が恐怖に歪《ゆが》んでいる。助けを求めるように、潤んだ目で私をみつめている。

武美の顔。青白く張りつめているその顔は、こんなときでも震えるほどきれいだ。

「あ……あゆ？　なんでここにおるん？」

みずのは泣きそうな声を絞《しぼ》り出した。こっちのほうが泣きたかった。

「うん、まあ、その……私の彼を、この子に……武美ちゃんに紹介しようと思ってさ。ここで待ち合わせしてるんだ。もうすぐ来るはずなんだけど」

わざとらしく腕時計を見た。みずのがすがるように訊く。

「彼？　あゆ、彼氏いるん？」

「まあね……神戸大の三年なんだけど。神戸からバイクで来るって。ホンダの750ccで」

「ナナハンで……」と男子三人が口を揃えた。武美が急に「そうじゃそうじゃ」と話をつないだ。

「あゆの彼のヒデホ君、バンド仲間と一緒に来るんじゃったよな？　確か、『クールス』の元メンバーもいたんじゃったっけな？」

「クールスの⁉」とまた男子三人は声を合わせた。今度は声に熱がこもっている。

「じゃ、矢沢永吉《やざわえいきち》とか、知っとるんじゃろうか⁉」

口もとに生傷の男子が興奮気味に訊く。大きく口を開けると前歯が欠けているのが見えた。私は、「ええっと」と腕組みをした。

「『時間よ止まれ』は永ちゃんのために、私の彼がギターのリフと歌詞を考えてあげたって、確か言ってたような……」

「ほんまかっ⁉」歯欠け男子はほとんど叫んでいた。

「サ……サインもらえんじゃろうか、永ちゃんの」

剃りこみ男子がもじもじと言う。私は噴き出しそうになるのを必死にこらえた。

「サインは無理かもしれないけど、永ちゃんが使ってたギターピックとかならもらえるかも」

「おお――っっ！」と三人は揃って雄叫びを上げた。武美が間髪入れずに言った。

「ヒデホ君のバンドのメンバー何人じゃったっけ？　五人？　ほんなら、この席、空けとかんとおえんわなあ……」

男子学生たちはいっせいに席を立った。おもしろいくらい息が合っている。

「ほんじゃあ、わいら、もう行くけえ。彼氏さんによろしゅう言うてくれや」

「ほんまにピック、もろうてくれるんじゃな？　じゃあ、あんた預かっとってくれる？」

「うん、ええよ」と武美はにこやかに返した。歯欠け男子がみずのに向かって言った。

「あんた、悪かったな。じゃけど、柳町のへん、ひとりでぶらぶらしよったらおえんで。おれらみたいなんが狙《ねら》いよるけえ」

みずのは体を縮こまらせて、こくんとうなずいた。いつものように「すわき」のラーメンをひとりで食べにいって、目をつけられてしまったに違いない。

男子学生たちは、ボンタンのポケットに両手を突っこんで、意気揚々と階段を下りていった。カランカラン、とドアベルの音が静まってから、私たちは止めていた息を一気に放った。それから、三人で顔を見合わせると、爆発したように笑い出した。

「永ちゃんのピックじゃて。よう言うわなあ」

武美が涙目になって言う。

「ほんまじゃないん？　うち、信じかけたで」

みずのがふくよかな上半身を揺すって笑いながら訊く。私は、ううん、と首を横に振った。

「まさか。嘘だよ嘘。永ちゃんだの彼氏だの……」

つい言いかけると、「彼氏のことは、ほんまよ」と武美が口をはさんだ。

「あゆの彼、ヒデホ君。でーれー、カッコマンよ」

「ほんま？　どんな人なん？」

みずのが、興味津々で食らいついてくる。

「だーかーらー。言うた通りの人よ。神戸大三年で、ナナハンに乗ってて、バンドやりよって……」

父は日本人、母はドイツ人。金色がかったさらっさらヘアに、青い瞳。長身に黒いスリムパンツと黒いブーツがよく似合う。素肌に革ジャン、胸もとにはカモメの形のペンダント。誰よりもあゆを愛し、あゆを思い、いつの日か、あゆをさらって逃げていく……。

武美は、まるでヒデホ君にさっき会ってきたかのように、どんな人か、どんなにカッコいいか、どんなに私を大切にしているか、熱っぽく語ってきかせた。

武美が語るのを聞きながら、私はなんだか、胸の奥がどうしようもなく熱くなった。

かっこいいのは、ヒデホ君なんかじゃない。

危ない目に遭っている友だちを、なんのためらいもなく助けに行った——

かっこいいのは、武美ちゃん、あなただよ。

全部聞き終わって、みずのは、大きくひとつ、ため息をついた。そして、言った。

「ああっ。なんか、でーれーなあ。ヒデホ君も、あゆも、武美も」

そのひと言が、みずのの気持ちのすべてだとわかった。

「あのう、お話し中、すまんのじゃけど……」

背後で弱々しい声がした。振り向くと、ランニングシャツ一枚のマスターが立っている。

「武美ちゃん。いいかげんそのシャツ、返してくれん？」

マスターから奪ったネルシャツを、武美は着たままだった。

「あっ、ごめん。あんまり着心地よくて忘れとったわ」

武美は笑いながら、シャツを返した。シャツを脱ぐとき、ほんのりと花の香りがした。

武美の移り香を身にまとうマスターを、ほんの少し憎らしく思った。

武美と、みずのと、私。それから、ときどき三人で、「どんきほーて」に出かけるようになった。

「どんき自由ノート」に、白いギターピックを一枚、貼り付けておいた。その横に、わざと角ばった男っぽい文字で、私は書きつけた。

山岡高の三人組へ

約束通り、矢沢のピック、もらっておいたぜ。

このピックを手にしたからには、ナンパばっかりしてないで、本気で恋をしてみろ。

そしたら、きっとわかるだろう。

おれが矢沢に「時間よ止まれ」を書いてやった気持ちが……

ヒデホ

「城下カフェ」でのランチタイムのあいだじゅう、みずのと私は、なつかしい岡山の店の数々について思い出話をした。

なんといっても「どんきほーて」がなくなったのは寂しかった。けれど、このカフェのように居心地のいい店が増え、それを楽しむ人たちが集まっている。新しい岡山を見るのはうれしいことだった。

「でな。お願いなんじゃけど」

お茶を飲んで、そろそろ店に帰らなくちゃ、という段になって、みずのが切り出した。

「うちの店に一緒に来てほしいんよ。店長が、ぜひアユコ先生にお目にかかりたい、言うて」

「なんだ、そんなことか。もちろん、いいよ」

カフェから徒歩三分の場所にある大手書店へ、私たちは連れだっていった。

そこで私を迎えたのは、「祝・小日向アユコ先生ご帰岡」という横断幕と、白いクロスをかけた長テーブルと、私のマンガ本を抱えた人々の長蛇《ちょうだ》の列だった。

「どう、びっくりした？『サプライズサイン会』よ」

みずのが得意げに言う。私はしばし苦笑した。「サプライズサイン会」って、作者をサプライズさせてどうするんだ。

列に並んだ人たちは、何時間もまえから待っていてくれたという。本に色紙に、ひとつひとつ、心をこめてサインする。きのう会った同窓生たちも、何人か来てくれていた。

「娘が喜ぶわぁ」と、自分も喜んで。

もう何十人目だろうか、お母さんや女の子たちの列の中で、明らかに違和感のある人が現れた。白いスーツに黒いシャツ、スゴまれたらかなりコワそうなおじさん。その様相とはうらはらに、満面に笑みをたたえて、「まりなちゃんへ、ゆうて書いていただけますか？」と低姿勢。私はよくよくその人を見た。

「娘が喜びますけぇ。いえね、うちの娘もシラサギに行きよるんですよ」

ちりちりのパンチパーマ、口もとの傷痕《きずあと》。目もとには笑い皺《じわ》が寄っている。あれっ、誰だっけ、この人？　なんとなく、記憶の片隅にいるような。

♯4

ジョージのブローチ

どこまでも晴れ渡った秋空の下を、ぶらぶらと歩いてゆく。

こんなふうに気持ちのいい青空が、私の記憶の中ではいつもこの街と結びついていた。東京の自宅から外出するとき、仕事場の窓から外を見上げるとき、清々しい青い空が広がっていれば、「今日は岡山晴れだな」などと思う。

岡山で暮らした三年間、もちろん晴れた日ばかりではなかった。二、三度雪の降ったこともあったし、台風のような悪天候の日もあったはずだ。それなのに、私の中では、この街は晴れ晴れとした青空としっかりと結びついているのだ。

なんでも「晴れの国おかやま」というキャッチフレーズがあるくらい、岡山は年間の晴天率が高いらしい。だからというわけでもないのだが、ほんとうに青空が似合う街だ。

高校を卒業して以来、ほぼ三十年ぶりに訪れた岡山は、やっぱり晴天だった。きのうも、今日も、そして明日も。地元のテレビ局が映し出すこの連休の天気予報には、見事にお日さまマークが並んでいた。

岡山市内中心部にあるアーケード商店街・表町を抜けて、昔よく行った喫茶店「どんきほーて」があった場所まで行ってみた。同窓生の篠山みずのが教えてくれた通り、「たぶんここだった」場所には小ぶりなマンションが建っていた。「どんきほーて」の両脇にあった布団屋と仏具屋ももちろんない。どこにでもある地方都市の住宅街の一角と化してしまったその場所に、私はしばらく佇んでいた。それから向きを変えて、表通りの柳川筋へと歩いていった。そこでまた路面電車に乗った。

ごとんごとんとリズミカルな振動に身をゆだねながら、変わったもの、変わらないものに思いを馳《は》せる。

三十年、というのはけっこうな時間だ。生まれたての赤ん坊はちょうど三十歳になるし、新築の家も老朽化するし、最新の自動車はポンコツになるだろう。

街だって変わる。発展する都市もあれば、衰退する町もあるだろう。青春時代のいちばんいい時期を過ごした街にひさしぶりに帰ってきて、何もかも変わらずにあればいい、などと願っても無理な話だ。この街が単に古びていくよりも、新しく生まれ変わっているとしたら、それはいいことなんじゃないか。

などと自分を励ました。けっこう、へこたれていたのだ。十六歳のきらきらした思い出がいっぱい詰まった場所、「どんきほーて」がなくなってしまった現実を目の当たりにして。

特に仲良しだった友人たち、武美やみずのとほんとうに足しげく通ったものだ。「どんき自由ノート」に下手くそなポエムや得意のマンガを描いて、どこかの誰かがそれにコメントを書きこんでくれるのを楽しみにしていたっけ。インターネットや携帯のなかった時代、ノートに鉛筆でまさに「書きこんで」いたのだ。「あゆこたん、マンガいつも楽しみにしています」とか「マンガでーれー上手ですねえ。うらやましいれす！」とか、いま思い出すとこそばゆくなるようなコメントが、よれよれになったノートの上でやり取りされていた。

ときおりひとりで出かけていって、私の空想の恋人・ヒデホ君になりすまして、ちょっと角ばった男っぽい文字でこっそりノートに書きこんだりもした。

押忍《おす》！　ヒデホだぜ。みんな元気でどんき通ってるか〜？

今日はおれの愛するあゆといっしょに来てる。おれはコークハイでいい気分なんだけど、あゆはとなりでちびちびほっとみるく飲んでる……ちぇっ☆

酔わせるわけにもいかないし、これからどうやって口説こうかな……なんて。

今日こそは、帰したくないんだ。

今日こそは、朝までずっと……なあ、あゆ。いいだろ？

おれの腕枕で眠って、おれのとなりで目覚めてほしい……今夜こそ。


ああ、なんで全文覚えてるんだろう。こそばゆいどころかさぶいぼができそうだ。それでも、私がなりすました「ヒデホ君」の書きこみを読んで、武美とみずのはきゃあきゃあ大騒ぎした。

「やーん、あゆぅ、ヒデホ君と『どんき』に来たん？　なんでそんとき、うちのこと呼んでくれんかったん？」

むっちりした二の腕を自分で抱きしめながら、みずのが裏声で言う。

「ばかじゃなあんた、ヒデホ君はあゆとふたりっきりでいてぇに決まっとろーが。うちらのことなんか呼び出すわけなかろーが。なあ、あゆ。そうじゃろ？」

まるで自分がヒデホ君になってしまったかのように、武美がすっぱりと言い切る。武美の中では、ヒデホ君は絶対的に私のことを愛していて、それゆえに他の女の前には絶対に姿を現さない（カッコよすぎてどんな女にも100％惚《ほ》れられてしまうから）と決まっているのだ。別にそこまでヒデホ君を神格化したつもりはないのだが、いつのまにか武美のほうでどんどん自分の理想的な男性像に仕立ててしまっていた。それはそれでおもしろかったが、ちょっと怖くもあった。武美が、完全にヒデホ君に恋をしてしまったようで。

路面電車が岡山駅前に到着した。青春のたまり場「どんきほーて」はなくなってしまったが、それ以外に残っているなつかしい店がいくつかある、とみずのに聞いていた。今度は岡山駅の正面玄関の反対側、西口周辺を探訪しよう、と思っていた。

当時、私は岡山の下伊福という住宅街に住んでいた。そこそこ立派な一軒家で、これといった不自由もなく、平凡に、平和に暮らしていた。

唯一、不満があるとすれば、「本物の」彼氏がいないことだった。恋に憧れはしても、どんなふうに恋をして、どんなふうに愛されるのか、見当もつかなかった。かわいい彼女をときおり家に連れてきては自分の部屋にこもったまま何時間も出てこない兄を、心底うらやましく思っていた。きっと兄貴は私の憧れのマンガ家・田渕由美子《たぶちゆみこ》の描くマンガそのもののようなキャンパスライフを送っているんだろうなあ、などと妄想して、「りぼん」のページをめくる。そして、やっぱり私にはヒデホ君しかいないんだ……とあきらめる。生身の恋人をみつけたくても出会うチャンスが皆無《かいむ》なのだから、しかたない。

それでも、あの頃の日々を思えば、家族に守られ、好きなマンガを描き、それなりに勉強もがんばって、友人にも恵まれ、幸せだったと思う。いつまでも終わることのない春の、ひだまりの真ん中で呼吸をしていたようなものだ。

あの頃の年齢の三倍近くを生きてきて、すっかり春は過ぎ、夏を越して、いまは人生の秋まっただなか、というところだろうか。これから冬に向かって、こつこつと生きていくのだ。

秋のさなかにあっては、あのあわあわとした春の日々が、ことさらすこやかに、まぶしく感じられるばかりだ。

岡山白鷺女子高校からの帰り道のルートはこうだ。

岡山駅前、路面電車の停留所から階段を下り、駅の地下街「岡山一番街」を通る。その途中で、地下街にある洋菓子店「白十字」でケーキを買ったり、パン屋の「木村屋」でバナナロールを買ったり、ブティックの「鈴屋」、靴屋の「リーガル」なんかを冷やかしてから、「西口連絡通路」と呼ばれる地下道をどんどん歩いていくと、階段に行き当たる。それを上って外に出たところが岡山駅西口だ。駅前に駐輪していた自転車に乗り、前かごにぺちゃんこの学生鞄とケーキやパンの袋を入れて、ぐんぐんこいで十五分、自宅へ帰りつく。もちろん、この正規ルートとは別に、「どんき」に寄り道バージョン、西口近くにある商店街・奉還町《ほうかんちょう》を通るバージョンで帰ることもしょっちゅうだった。

「キデイランド」も「109」もない地味な街。けれどやっぱり、すべてがきらきらと輝く春の光の中のようだった。

いま、岡山駅から西口へ行くには、高架《こうか》になった東西連絡通路を使っても行くことができる。おしゃれなスイーツショップやブティックが併設されていて、私が西口を利用していた頃とは格段の変化だ。けれど私は、あえて地下を通っていくことにした。西口連絡通路は、忘れられない出会いがあった場所だから。

きっと、変わってしまったんだろうな。そう思いながら、通路へ向かう足取りがだんだん速くなる。高架のきれいな通路もできたんだから、地下通路だってちょっとはきれいになっているかもしれない。

天井が低くて陰気な通路だった。新幹線の停まる大きな駅ができたことによって分断されてしまった西側と東側を、てっとり早くつなぐためだけに存在するパイプだった。会社へ、学校へ、買い物へ、自宅へ、一刻も早く目的地にたどりつくために、たくさんの人々が往来する地下道。誰もが無言で、無表情に歩いていた。何百もの乾《かわ》いた靴音だけが狭いトンネルの中に響き渡っていた。

けれど、もっとも出会いのなさそうなそんな場所で、私は出会ったのだった。生身の男のひとと、男の子に。

十六歳の、秋の始まり。

白鷺女子高では、十月一日に制服が夏服から冬服に衣替えになる。白いブラウスの襟もとを長めのオリーブグリーンのリボンが飾る夏服を脱いで、クリーニング屋から戻ってきたまま洋服簞笥にぶら下がっていた濃紺のセーラー服に袖を通す。いってきまあす、と元気よく庭に停めていた自転車を押し出すとき、ふっと甘い香りが漂《ただよ》っているのに気づく。生け垣のキンモクセイが、手のこんだ刺繡《ししゅう》のようなオレンジ色の小さな花を咲かせているのだ。

十六歳、十七歳、十八歳。計三回の十月一日の朝を、私はその家で迎えた。制服のぱりっとした袖に腕を通す瞬間、裏地のひんやりした感触と、キンモクセイの甘い香りがワンセットになって、いまでも鮮やかに私の中によみがえる。

西口から路面電車の停留所のある東口への連絡通路もまた、季節と無縁ではない。地下街は空調管理がされていたが、地下道までは届かない。だから夏はむせかえる暑さだったし、冬は息が白く見えるほど冷えた。空気がぬるんでくる春と、さわやかな秋が、この狭くて陰気な地下道を通るのにも苦痛を感じない季節だった。

通勤時間はけっこうな数の人の往来があった。誰もがむっつり黙って前進するだけの通路。家と学校のあいだの移動で、この空間だけがあまり好きになれなかった。

ところが、私が生まれて初めてまともに「大人の異性」と口を利いたのは、このトンネルのような空間の中だった。あれは、一九八〇年十月一日の夕方のこと。日時をはっきりと覚えているのは、その朝、ひさしぶりに冬服に袖を通し、庭にキンモクセイが咲いているのに気づいたからだ。そして、今日から冬服なんじゃな、と「大人の異性」に指摘されたからだ。

その日は宿題がいっぱいあって、武美もバイトに行くからとさきに帰ってしまったので、「どんき」へは寄らず、まっすぐ正規ルートで帰宅した。

いつもの通り地下道を歩いていく。帰ったらすぐに宿題をしなくちゃと思いつつも、自分のノートに連載しているマンガ『ヒデホとあゆの物語』の続きも描きたかった。武美とみずのに「はよ続き描かれ！」「もっとふたりを接近させせんとおえんが！」「いつになったらふたりは結ばれるん⁉」とマンガ雑誌の編集者並みに催促《さいそく》されて、勉強時間を削ってマンガを創作していた。そろそろベッドシーンとか描かなくちゃあのふたりに許してもらえなさそうだなあ、でもどうやって描いたらいいんだろう、『ハイティーン・ブギ』を参考にするしかないかな、などと、頭の中がもやもやしていた。

長い通路のちょうど真ん中地点で、往来する人の流れが変わった気がした。何かを避けて歩いているようだ。私はうつむいていた顔を上げて前方を見た。

少し先の通路の脇に、黒い布を広げて座りこんでいる人がいる。一生懸命に手を動かして、何かを作っているように見える。私は歩く速度を落として、ゆっくりと近づいていった。

年齢不詳の男のひとだった。肩まであるパーマの黒髪を無造作に束《たば》ねて、額《ひたい》には赤いバンダナを巻いている。無精《ぶしょう》ひげの生えた血色の悪い顔を手もとに向けて、何かをこねくり回すような所作だ。私の足は黒い布の前で止まった。

布の上には金色の針金で作ったブローチが隙間なく並んでいた。よく見ると、全部英字の名前になっている。「Seiko」「Mako」「Toshi」「Match」……アイドルの名前のようだ。男のひとは、長い針金をペンチで器用に曲げて、ブローチ作りの真っ最中だった。私は彼の目の前に突っ立ってその様子を眺めた。私が立ち止まったことに気づいているのかいないのか、男のひとは針金を曲げるのに夢中だ。私はしばし無言で、地べたにあぐらをかいた彼が新しいブローチを作り出す瞬間を見守っていた。

パチン、とペンチで針金を切る。「できた」とひと言つぶやいて、男のひとが顔を上げた。

「どうじゃ、これ。ええじゃろ？　わしの永遠のアイドル、『Momoe』ちゃん。あーあ、友和《ともかず》なんかのヨメにならんで、わしんとこへ来《け》えやあ」

私が見ていることにとっくに気づいていたようだ。目の前に差し出された「MomoeLove」

というブローチをみつめて、「すごい」と私は感嘆した。

「器用なんですね。どんな名前も作っちゃうんだ」

「そ。ほんでこうして売っとるわけ。一個五百円。買《こ》うてくれん？　あんた、でーれーかわいいから、四百円にしてもええよ」

かわいい、と男のひとから言われたのは生まれて初めてだった。私は、ふいに自分の顔が赤くなるのを感じた。

「今日から冬服なんじゃな、『シラサギ』さん。わしゃ、その制服が岡山県下の全制服の中でいっちばんかわいい思うで。……ありゃ、なんか赤うなっとるが。はは、かわいいのう」

からかうように言う。私はますます赤くなった。

「なあ、真っ赤っ赤の『シラサギ』さん。あんたじゃったら三百八十円にしてもええで」

「いや、あの、私……いま、お金がなくて。ほんと、すいません。じゃあ」

あわてて立ち去ろうとしたが、「あ、ちょっとちょっと。ちょっと待ってえや」と呼び止められた。

「ほんじゃあ、一個プレゼントするけえ。その代わり、わしの頼み聞いてくれん？」

私は、きょとんと男のひとの顔を見た。男のひとは、「あんた、どういう名前？」と訊いてきた。

「あ……鮎子、です」

「あっそう。アユコたん、ね。ほいきた」

男のひとは傍《かたわ》らでとぐろを巻いている針金を伸ばして、再びペンチで器用にそれを曲げ始めた。五分後、ぱちんと切り取る音がして、「はいよ」と座ったまままで差し出した。見事に「Ayuko」のブローチができ上がっていた。あっという間のできごとに驚いたが、手を出せずにいると、

「お金はいらんけえ。お願いがあるんじゃ」

いきなり立ち上がった。そして、ブローチを私に突きつけるようにしながら、

「さっきからトイレに行きとうてたまらんのじゃ。悪《わり》いんじゃけど、五分くらい、店番しといてくれんかな」

意外な申し出に、ちょっと気が抜けた。

「店番、ですか？」

「そう。もしお客が来たら、一個五百円じゃけえ。釣り銭は、このせんべいの缶の中に……あっ、おえん。モレるっ！」

言うなり、男のひとは一番街のほうへ向かって脱兎《だっと》のごとく走っていってしまった。私

は、ぽかんとその後ろ姿を眺めていたが、ええい、乗りかかった舟だ！　とばかりに、布の上にずらりと並んだブローチをまたいで、さっきまで彼があぐらをかいていた薄っぺらい座布団のほうへ飛び移った。そしてその上に体育座りした。

わっ。なんか、別世界。

膝を抱えて眺めてみると、毎日歩き慣れている地下通路とはまったく違う世界に見えた。スーツの足、ハイヒールの足、スニーカーの足、制服の足。さまざまな足が、表情豊かに行きかっている。ブローチの前で少し速度を緩《ゆる》める足がいくつかある。一瞬、ぴたっと立ち止まる足もあった。ブローチに興味を持ったのか、制服姿の女子高生が店番をしているのが珍しいのかわからなかったが、私はどうにも恥ずかしくて顔を上げられずにいた。

ふと、迷わずにしゃがみこんだ人がいた。私は前を見た。詰襟の学生服姿の男の子だった。私が入学を狙いつつも受験で滑《すべ》ってしまった、県下でも有名な進学校、聡明《そうめい》高校の制服。

「『ジョージ』がねえが」

男の子がつぶやいた。私は体を硬くした。うつむいたまま、目だけをこっちに向けて睨《にら》まれたからだ。

「なんで『ジョージ』がねえんなら?」

私はあわてて座布団の上に正座した。それから、布の上に並んだ名前を一個一個確認して、「ほんとだ。ないですね」と作り笑いをした。

「いま、店長が席をはずしてますんで。帰ってきたら、すぐ、作ってくれます」

「店長? ほんじゃあ、あんたはここでバイトしよるんか?」

「いや、バイトっていうか……まあ、乗りかかった舟に乗った、っていうか、その」

わけのわからないことを言ってしまって、私はまた真っ赤になった。男の子は、しゃがんだ膝の上に頬杖をついて、ふうん、とつまらなそうにつぶやいた。

「あんた、シラサギの人?」

「ええ、まあ」

「岡山の生まれじゃねえな。標準語しゃべっとるが。それとも、お嬢様ぶりっ子しとるん?」

かちんときた。まったく、なんで標準語=お嬢様になってしまうんだろうか、この街では。

「東京からこっちに引っ越してきたんで、岡山弁に慣れてないだけです。別にぶりっ子してるわけじゃありません」

つい語気を荒らげてしまった。男の子は、頬杖をついたまま目だけをこっちに向けた。今度はにらむんじゃなくて、少し親しげな色を浮かべて。

「へえ、君も東京から来たの？　おれもだよ」

急に標準語になって、男の子が言った。私は、えっ、と身を乗り出した。

「ほんと？　東京のどこに住んでたの？」

「国分寺《こくぶんじ》っていうとこ。中学に入るときに、こっちに引っ越してきたんだけど」

「わあ。あたし、今年の三月まで小平《こだいら》に住んでたんだよ。国分寺はすぐ隣だったし、友だちも住んでるよ」

偶然にも、この通りすがりの少年が通っていた小学校と私の小学校は歩いて十分くらいのところにあった。小学校の名前や近くの公園の名前などをそれぞれに言い合ううちに、男の子の顔が急に明るくなるのがわかった。少し長めの前髪がかかる顔は、美男子とはいえなかったが、どことなく賢そうだ。きれいに揃《そろ》った白い前歯を見せて笑うのも清潔感があった。

私たちはお互いにしゃがみこんだまま、布の上に並んだブローチをはさんでおしゃべりをした。何しろ、岡山に来てから東京出身者と話をするのは初めてだった。しかも同い年。そして、男の子。かつ、ちょっと感じのいい子。最初は緊張して、それから徐々に親近感と好意を持って、私は、自分でもびっくりするくらい、積極的に話をした。

彼は「どんきほーて」のことも知っていた。ときどき帰り道に寄るという。私はうれしくて飛び上がりそうになった。胸の中でにぎやかにオーケストラが演奏を始めたみたいだった。

それから、はっと気づいた。

どんき自由ノート。もしかして、読んだことある？

まだ私が何者か教えてないけど、私とヒデホ君のこと、あんなにいっぱい書いちゃってるノート。もちろん全部創作だけど……もしも彼に見られてたら、自分のことを打ち明けにくくなってしまう。

たちまちオーケストラが楽器を奏でるのをやめてしまった。「あのう……」と私は恐る恐る尋ねてみた。

「どんき自由ノートって、見たことある？」

男の子は首を傾《かし》げた。

「え？　何それ？」

「おう、ごめんごめん、アユコたん。遅うなってしもうてから」

急に声がしたので、顔を上げた。店長がぼさぼさの頭をかきながら立っている。私は無意識に胸をなで下ろした。なかなか帰ってこなかった店長がようやく帰ってきてくれたのと、男の子がどんき自由ノートを知らなかったこと。その両方にほっとしたのだ。

「でーれー腹が減っとったんで、『夢二』でえびめし食ってきたんよ。ほれ、これおみやげ」

「白十字」のケーキの箱を差し出してから、おもむろに男の子のほうを向いた。

「ところでキミ、誰？　うちのアユコたんに、なんか用？」

「あっ、おれは、その……」

男の子が口ごもったので、あわてて割って入った。

「お客さんですよ、店長。『ジョージ』っていうブローチ作ってほしいって。お願いします」

店長、と呼びかけられて、彼は苦笑した。

「ほうか、キミもアユコたんの魅力にまいっちんぐマチコ先生なんじゃな。ガッテンじゃ、すぐに作って進ぜよう」

店長とバトンタッチで、私は通路のほうへ移り、男の子の隣にしゃがんだ。それだけなのに、どきどきした。またたくまに針金が曲げられていくのを見て、「うわ、でーれーなあ」と彼が無意識につぶやく。私は微笑んだ。

横顔に向かって、こっそりと、けれどかなり思い切って声をかけた。

「名前、訊いてもいい？」

男の子の目がこっちを向いた。地下道の薄暗い蛍光灯《けいこうとう》を映してみずみずしく輝いている。胸のいちばん奥のところがゼリーのように震えるのを感じた。

彼の名は、鈴木淳《すずきじゅん》。桜田淳子《さくらだじゅんこ》の淳、と漢字も教えてくれた。私も自分の名前を教えた。佐々岡鮎子、みんなには「あゆ」って呼ばれてるんだ。そんなやり取りをするあいだに、ブローチができ上がった。

「はいよ、いっちょう上がり。難しいけえ、時間がかかったで」

ブローチの文字は「Jouji」だった。手にしたとたん、淳君はぷっと噴き出した。

「なんじゃこれ。綴《つづ》りが違うで、店長」

「え？　山本譲二《やまもとじょうじ》じゃねえんか？　『みちのくひとり旅』じゃろ？」

そう言われて、淳君はいっそう楽しそうに笑った。笑顔と笑い声がとてもすがすがしかった。

淳君が固執《こしつ》した名前「ジョージ」とは、彼が大好きな柳《やなぎ》ジョージ、ビートルズのジョージ・ハリスンのGeorgeだった。店長は苦笑いして、

「ありゃりゃ、そうじゃったん？　ほんじゃあ、これはおめえにプレゼントするわ。い

や、お代はいらんけえ」

それから、意地になって続けた。

「その代わりなあ、少年。わしはおめえを『ジョージ』ちゅうて呼ぶで。おめえは今日からジョージじゃ。な。わかったか、ジョージ？」


下校時、路面電車の座席に座っている私。ちょっと緊張して、そわそわしている。ぺちゃんこの学生鞄から、ハローキティの手鏡を何度も出しては髪型をチェックする。サンリオショップで買ったピーチ味のリップグロスをつけ直す。上唇と下唇を合わせては離し、グロスを唇になじませる。普段はリップクリームもつけないから、グロスなんかつけると違和感があってしょうがない。それから、耳たぶの後ろにスズランの香りのコロンを指先でこすりつける。これも、サンリオショップで買った。グロスもコロンも、買うとき、胸がどきどきした。別に悪いことをしているわけでも大人の行く化粧品店で買い求めたわけでもないのに、なんだか急に自分が色気づいてしまった気がした。まだどんなできごとも起こってないのに、自分が変わっていきそうな気配があって、ちょっとだけスリルを感じる。

「あ。なんか、でーれーいい匂い」とコロンに最初に気づいたのは武美だった。武美のほうは、コロンの常用者なのか、それともバイトに行くとき薄化粧しているからなのか、いつもいい匂いをさせている。目をつぶって彼女のそばに立つと、まるでお花畑に迷いこんだような気分になる。そんな武美が私の異変に気づいた。

「あゆ、コロンつけとるじゃろ？　どうしたん。これ、ヒデホ君の好み？」

　当然のように訊いてきた。私は、「うん、まあね」とやや引っこみ思案に返事をする。

「そうじゃわな、ヒデホ君もコロンつけとるんじゃもんな。『ブラバス』じゃったっけ？あんたも何かつけんと釣り合わんわな」

「ヒデホ君は大人の男」というキャラづくりのため、彼愛用のタバコはメンソールの「ミスタースリム」、好きな酒はサントリーのウィスキー「オールド」、乗ってるバイクはホンダの750cc、ジーンズはリーバイスの黒のスリム、そしてコロンは資生堂《しせいどう》「ブラバス」と、細かい設定をしていた（さらに好物はキャベツの丸かじり、好きな歌手は都《みやこ》はるみ、といい感じでトボけさせることも忘れなかった）。もちろん、全部私の創作である。十六歳の私が、ネットもない時代に、どうやって「理想的な大人の男のブランド」情報を収集していたのかまったく思い出せないが、とにかく「何をしてもキマる男」として、ヒデホ君は全身およびライフスタイルを完全武装していたのだ。

けれど、私が下校時にリップグロスをつけたりコロンをつけたりしたのは、ヒデホ君のためなどではなかった。同年代の生身の男の子――淳君のため、だった。

私の異変は表面的なものだけではなかった。内面の深いところで、ことことと起こり始めていた。武美も、そして私自身も、気づきようもないずっと深い奥底で。

地下道で出会ってから、約束こそしなかったけれど、私と淳君はなんとなく、例の「ネームブローチの店先」でときおり顔を合わせるようになった。おそらくは不法に店を出していたのだろうが、店長は十月一日からずっと地下道に出店し続けていた。私は、しばらくのあいだどこにも寄り道せず、学校が終わるとまっすぐに店長のところへ飛んでいった。そして店先にしゃがみこんで店長と話をしたり、トイレ休憩にいっているあいだ店番をしたりして、淳君が現れるのをこっそりと待った。

淳君は岡山駅から西へ二つ目の駅、庭瀬《にわせ》というところから電車に乗って聡明高へ通っていた。西口の奉還町商店街にあるジーンズショップ「ビッグアメリカンショップ」にときどき行くとかで、初めて会った日もたまたま通りがかったのだった。通学に使っているわけではないので、彼がこの地下道へやってくるとしたら、それは意図的なものだった。寄ってくれますように、といつしか私は心中強く願っていた。

はたして、三日に一度くらい、淳君は「店」に立ち寄ってくれた。私を店先にみつけると、ちょっとはにかんだような笑顔で、「よお」と声をかけてくる。そのつど私は軽く浮き上がるような感じを覚えた。意味もなくうれしくて、はしゃいでしまった。

店長はというと、自分のことは何ひとつしゃべらなかった。名前も、出身も、どうしてここへ来たのかも、年齢も。「おめえらよりはずっと大人よ」という程度のことしか教えてくれなかった。けれど私にとっては、生まれて初めて生の声で語りかけてくれる大人だった。両親や学校の先生はもちろん大人だったが、寛大で常識的な彼らが話すようなこととはまったく真逆のことを店長は教えてくれた。つまり、どうやって不良の大人になるかとか、いかにして社会の常識から逃げおおせるかとか、そういう人生のがらくたじみた逸話の数々を、実に楽しそうに、身ぶり手ぶりを交えてにぎやかに話してくれるのだった。

私たち三人は、地べたにしゃがみこんで、「金八先生」のこと、「ザ・ベストテン」のこと、店長の愛する山口百恵が結婚することや、そのほか取るに足りないどうでもいい話題に興じて、一時間も二時間も話し続けるのだった。ときどき、思い出したように、淳君が「おれたち、営業妨害しとらん？」と店長に訊く。店長は、にっと笑って、

「いや、むしろありがてえが。サクラになってくれとるんじゃけえ」

と答える。実際、私たちがブローチの前にしゃがみこんでいると、学生やＯＬのお姉さんがつられてしゃがみこむこともしばしばだった。

店長のことも、淳君のことも、私は武美に話さなかった。十月に入ってからずっと、寄り道せずにそわそわと私が帰っていくのを「マンガの続きを描いとんじゃな」「ヒデホ君から電話がかかってくるんじゃろ」と武美は勝手に推測して、何も疑っていないようだった。武美のほうも「ここんとこうちも忙しいけえ」と、それこそどんな理由があるのかわからなかったが、さっさと帰っていく。心のどこかで、よかった、と思った。淳君と何があるわけでもないが、なんとなく武美に対して後ろめたさがあった。

あゆとヒデホ君は永遠じゃけえ。絶対に、誰もふたりを引き裂くことはできんのじゃけえ。

そんなふうに愛して、愛されて。ほんまにあんたは幸せ者じゃな、あゆ。

私の顔を見るたびに、そしてマンガを読むたびに、武美はいつもそんなふうに言ってため息をつく。その頃には、私はとっくにわかっていた。

「あゆ」のところを「武美」に置き換えて、彼女は語っているのだ。

武美の中で、絶対的な存在になっているヒデホ君。

もちろん、私だってヒデホ君が好きだ。何ものにも代えられない、と思っている。

だけど……。

秋の気配が色濃くなり、朝夕の空気もすっかり冷たくなり始めた十一月の初め。

髪型を整え、グロスを唇につけ、コロンもつけて、意気揚々と一番街を早足で抜けていく。今日も淳君に会えるかな、このまえ借りた柳ジョージのカセットテープの曲、「青い瞳のステラ、1962年夏……」最高によかったって感想言わなくちゃ、などと、はやる気持ちで地下道へ急ぐ。蛍光灯の光を鈍く弾《はじ》いて針金のブローチが並んでいるはずの場所にたどりついた私は、呆然と立ち尽くした。

その場所は、空っぽだった。実際には、たくさんの人が行き来して混雑していたが、空っぽに見えた。ずらりと並んでいるはずのブローチも、あぐらをかいて座っているはずの店長も、どこにも見えなかった。

どうしたの？

どこ行っちゃったの？

人ごみの中に突然放り出された迷子のように、私は周囲を見回した。棒立ちになる私を邪魔そうに避《よ》けながら、コート姿の人々がせわしなく行き過ぎる。不安が膨《ふく》れ上がり、弾けそうになって、ふいに涙が込みあげてきた。

「あゆちゃん」

名前を呼ばれて、振り向いた。少しはにかんだ笑顔の淳君が立っている。私はあわてて涙を引っこめた。名前を呼ばれたのは初めてだった。

「店長が……いなくなっちゃって」

そう言いかけて、また涙がこみ上げた。不思議なものだ。十六歳の女の子は、一度出かかった涙を止めることができない。それが、気になる男の子の前でなら、なおさら。

「今日、警察に注意を受けたらしい……そのうち捕まるかもって思いながら商売してたみたいだけど。おれ、今日、けっこう早くここに来たんだけどさ。ちょうど店をたたんでるとこだったんだよ」

標準語と岡山弁を混ぜこぜにしながら、淳君が話してくれた。店長のこと。すぐに退去しろ、と警察から注意を受けたのだが、どうしても淳君と私に言いたいことがあって、どっちかに会ってそれを伝えてから立ち去ろうと、わざともたもたしていた、という。

やってきた淳君の顔を見るなり、店長は安堵《あんど》のため息をついた。それから、しみじみと語って聞かせた。

そろそろこの街ともお別れじゃなあ。そう思うとったんじゃ。

わし、風来坊《ふうらいぼう》じゃからな。まあ、フーテンの寅《とら》さんみたいなもんじゃ。

おめえらに話すことじゃねえと思うとったから言わんかったけど、わし、たったひとりの家族、おかんに愛想尽かされてのう。高校出てからもおかんを助けもせんと、働かずに岡山県下をぶらぶらしよってな。そねぇなブローチばあ作りよってから、このあんごう《ばか》、出て行け、ゆうておかんに言われてしもうたんじゃ。わしゃ、悲しかった。自分に腹が立った。ほんまにあんごうじゃと思うた。じゃから、おかんにはなんにも言わんと田舎を出て、こうして街から街へと、ブローチ作って渡り歩きよるんじゃ。

なあジョージ。わしもおめえぐれえんときは、ようけえ夢やら希望やらあったんじゃで。好きな女の子もおった。じゃけどなあ、どうしても「好き」のひと言が言えんかったんじゃ。いまにして思えば、あんとき「好き」ゆうて言えとったら、わしの人生も、ちったあましに転がっとったかもしれんなあ。

小さい雑貨屋を経営してな。あの子を嫁さんにして、おかんと一緒に、幸せに暮らせたらよかったんじゃけどな。

ジョージ。大人になったらかなわんようになることも、世の中にはあるんじゃけえ。じゃから、やりたいことがあったら、大人になるのを待ったりせんと、いますぐ行動するんじゃ。

わかったな？

そう言って、店長は行ってしまった。このさき、どこへ行くかも告げないで。

話を全部聞き終わって、私はため息をついた。涙は、とっくに頬を伝っていた。

「行っちゃったんだ？」

やっと声を絞り出して訊くと、

「行っちゃったよ」

うつむいて、淳君が答えた。その声には、誰もあの人を止められない、という優しいあきらめがあった。

ほんものの風来坊だったんだ——あの人は。

私たちがまだ知らずにいる大人の事情や、やるせなさや、切なさを背負ったままで、またどこかの街の駅の地下道で、針金で作り続けるのだろう。誰かの愛する人の名前を。

「アユコたんによろしくって——これを、君に」

淳君は、ズボンのポケットから鈍く光るものを取り出して、私に差し出した。金色のブローチ。今度こそ綴《つづ》りの間違いのない「George」のブローチだった。

「なんで？　これ、淳君が欲しかったんじゃないの？」

淳君は決まり悪そうに頭をかいた。そして、「そうだよ」と白状した。

「ほんとはおれがもらったんだ。でも、おれは……これを君にもらってほしいんだ」

私は息を止めて淳君を見た。淳君の瞳は揺れているように見えた。そのまなざしは、確かに熱を帯《お》びていた。

翌朝、私のぺちゃんこの学生鞄に金色のブローチがつけられているのを、武美がめざとく発見した。

「何なん、それ？『ジョージ』って読めるけど？」

うん、まあね、と私はまた、ちょっと消極的に返事をした。武美はブローチをみつめていたが、珍しく何も言わずに自分の席へ戻っていった。

きっと、武美の頭の中では、Georgeとヒデホ君がどう結びついているのか、忙《せわ》しく想像が巡らされたことだろう。けれど、私がいつものようにのってこないのを感じて、無理に突っこんでこなかったのだ。

私の異変に、今度こそ、武美は気づいただろうか。

そう。そのとき、私の中で不思議な化学反応が起こっていた。

店長が去って、跡かたもなく地下通路の店がなくなって、初めて覚えた喪失感のようなもの。それを埋め合わせるように、ぴったりと私の心の中の穴ぼこにはまってくれたのが、淳君だった。

淳君のことを思うと、体の内側に不思議な風が吹いた。心地の良い風、けれど同時に不穏なさざ波を立てる風。経験したことのない感情が湧き上がってくる。それはあたたかく、湿っていて、少し怖いような——台風のまえの日、ゆっくりと、次第に速く、雲が流れていく空に似ていた。

おれのあゆ。——愛してるよ、あゆ。

真夜中、ベッドに入って、すっぽりとふとんを頭までかぶる。とたんに、鼓膜の奥に響く声。いつものように、どこからか届く声。

ヒデホ君。私、なんだか怖い。

あなたが遠く離れていってしまいそうで。もう二度と会えないような気がして。

馬鹿だなあ。そんなはずないだろ。おれはいつだって君のそばにいるよ。

いまも、明日も、このさきも——大人になっても、ずっと。

その囁き声は、ぞっとするほど近くで聞こえる。私の中から聞こえてくる。その声が、武美の声に重なり、淳君の声に重なる。

おれは、君のそばにいる。——永遠に。

三十年経って、西口連絡通路は、少しきれいに化粧直しされていた。

けれど、思ったほど大幅には変えられていなかった。スイーツショップか何かの出店のある大きな通路になってるんじゃないかと思っていた私は、むしろほっとした。

通路の幅や天井高はそんなに変わっていない。きれいに清掃された床を踏みしめて、真ん中あたりまで歩いていく。確か、あのブローチの店があった場所はこのへんだ。そう思いながら、立ち止まらずに通り過ぎた。

高架の通路もできて、人々の往来はずいぶん減ったようだ。そのまま歩いて、階段を上り、外へ出た。傾きかけてはいるが、日はまだ高い。このまま奉還町のほうまで行ってみよう、と決めた。

ほんとうは、地下通路へ行ったらあの場所にしゃがんでみよう、と思っていた。でも、できなかった。そうするには、私は大人になり過ぎていた。あんなところでいい歳をした女がしゃがみこんでいたら、周りの人はびっくりして救急車を呼んでしまうかもしれない。もしも私が通行人の立場なら、きっとそうするだろう。

十六歳のあの頃、あんなふうに、地べたにしゃがみこんで何時間も話ができた不思議を思った。大人に比べると、十六歳の私や淳君は——そして私たちよりずっと大人のくせに少年の心を持った店長は、地面に近い存在だったのかもしれない。それを思えば、いまの若者たちが、やたらしゃがみこんでいるのも理解できる気がする。彼らは、どちらかと言えば空よりも地面に近い存在なのだ。これから空に向かって伸びていく植物なのだ。そう思いついて、微笑ましくなった。

あの頃の私は、植物だった。

少しずつ少しずつ、制服を窮屈《きゅうくつ》に感じ始め、天空に枝葉《えだは》を伸ばしたいと願っていた、か細い苗木。大気の中の何もかもを吸って成長していた。勉強すること、友だちとのおしゃべり、マンガを描くこと、誰かを想うこと、恋することの何もかもを。

あの頃、季節は秋だった。張りつめて美しい冬へゆっくりと向かう日々だった。ほんものの春に届くには、まだもう少し時間があった。

＃5

聖夜

待ち合わせの店に三十分も遅れて着いてしまった。

店へ向かう直前まで、あまりにもなつかしい、古い町並みに迷いこんでしまっていたので。

岡山駅西口から、昔ながらの商店街・奉還町をぶらぶらと歩いて、昔、家族で住んでいた下伊福という住宅街まで足を延ばした。駅の周辺や岡山市の中心街はすっかりきれいに生まれ変わっていたので、こちらはどうなっているだろう、行って確かめてみたいという気分にかられた。行きつけだった大好きな喫茶店がなくなっていたり、駅が妙に現代的なデザインになったりしていることに時の流れを感じずにはいられなかったが、私のかつての住居エリアは拍子抜けするほど変わっていなかった。瞬間氷結してしまったかのごとく、どの町角も、通り道も、小さな店先も、およそ三十年まえに見たままの風景だった。まるで映画のセットの中へ迷いこんだように、私は頭を巡らせてなつかしい町並みを心ゆくまで眺めた。

そうこうしているうちに陽がくれて、こりゃまずい、もう七時だ、とタクシーに飛び乗った。

私が三時間もかけて歩き回った道のりは、車で通り過ぎればものの十分もかからない距離だった。高校時代に自転車と徒歩と路面電車でせっせと通った通学路は、車で行くなら二十分の距離なのだ。どんなに急いでいても、タクシーに飛び乗るなんていう発想がなかった年頃を、なんだかいとおしく感じてしまう。

あの頃、会いたい人、気になる男の子が待っている、と思っただけで、たまらなく気持ちが急《せ》いた。学校が終われば、たちまち校門の外へ駆け出し、岡山駅前行きの路面電車に飛び乗って、運転席の真後ろ、出入り口のドアの一番近くにかぶりつくようにして立っていた。赤信号で電車が停まるたびに、早く青になれ、と信号に向かって念力を飛ばした。一秒でも早く駅に着きたかった。一瞬でも早く会いたかった。そう、あの頃——ヒデホ君ではなく、淳君に。

下伊福付近で飛び乗ったタクシーは、たちまち岡山市の中心部にある繁華街に到着した。

待ち合わせの店「爺《じい》や」の引き戸を開けて入ると、「らっしゃ〜い」と元気よく声が上がる。「あのう、佐々岡ですが……」と告げてから、「あ、小日向です」とペンネームを言い直した。

「はい、小日向さま。お連れさまお見えになってます！」また元気よく返ってきた。すぐに連れていかれそうになったが、「すみません、ちょっとお手洗いに……」とトイレに立ち寄った。

鏡をのぞいて、バッグからコンパクトを取り出し、念入りにファンデーションを塗り直す。口紅をつけて、髪を整える。鏡の中の私は、徹夜明けのクマこそなくなってはいるが、どこからどう見ても歩き疲れた四十代のオバサン。小さくため息が漏れる。

「担当編集者が東京から講演会を聴きにきてくれるんだけど、食事をするのにどこかいい店はないかな？」

きのうの晩に武美に尋ねたところ、「安うてうまい、ええ店があるが」とこの店を教えてくれたのだった。学校の先生たちと忘年会などで使う店ということで、すぐに電話をして予約を取ってくれた。ほんとうはこじゃれたダイニングバーのようなところを、と言いたかったのだが、「その編集者さんってどねーな人なん？」と詮索《せんさく》されるのがいやで、つい武美の采配《さいはい》に任せてしまったのだった。

個室の引き戸を開けると、黒目がちな瞳とすぐに視線がかち合った。下座にきちんと正座をして私を待ち構えていた男子は、マンガ雑誌「別冊お花畑」編集部部員、荒川雄哉《あらかわゆうや》だ。

「どうも、お疲れさまです。わざわざいらしていただき、申し訳ございません」

荒川君は私の顔を見るなり、畳《たたみ》の上に三つ指をついて頭を下げた。これが編集長沖本女史だったらお茶目な冗談に見えるのだが、荒川君の場合はどうも本気の土下座に見えてしまう。私は「いやいやいや、申し訳なくないよ」と返した。

「遅れたのは私のほうだし。ひとりで長いこと待ってて不安だったでしょ、ごめんね」

あわててしまって、ヘンなことを口走ってしまった。小学生の小僧じゃあるまいし、二十代男子がひとりで待ってて不安なわけがない。しかし荒川君は妙な顔ひとつせず、「いえ、ちっとも」と胸を張った。

「初めての場所って、どきどきするけどステキ満載ですよね。この店も、『爺や』っていうからにはどんなおじいさんが出てくるかと、わりかし構えモードだったんですけど、さわやか男子がテキパキと応対してくれたりして、ちょっとしたサプライズの連続でした」

言ってることが支離滅裂《しりめつれつ》なのはこの青年の常なので、さっくりスルーする。

「荒川君、岡山は初めて？」

熱いおしぼりで手を拭《ふ》きながら、まっとうな質問で会話を始めようと試みる。

「全然、初めてっていう気がしません」

ひねった答え方をするのも、この青年の特徴のひとつだ。

「要は初めてってことだよね」一応、念を押す。

「いえ、広島には行きました。そういえば、カキってまだシーズンじゃないですよね？ 岡山に来たら、名物のお好み焼きを食べてみたいと思ってたんですが、ダメでしょうか？」

どうやら彼の中では岡山と広島が渾然一体《こんぜんいったい》となっているようだ。でもって、この絶妙なボケ方は、驚くべきことに天然なのだ。珍問答はしょっちゅうなので、次にコマを進めることにする。

「岡山といえば瀬戸内海に面しているから、海の幸がおいしいんだよ。ままかりの酢漬けとか。そうだ、この店にはサワラのタタキもあるんだって」

「サワラのタタキ台ですか」

「いや、『台』はいらない」思わず噴き出しそうになるのを、ぎりぎりほっぺたで止めた。

「生のサワラをこまかく叩いたやつ。サワラっていえば、東京あたりじゃ焼物でしか出てこないでしょ。新鮮じゃないと生では食べられないからね」

「はあ」と荒川君は熱のない返事をした。

「僕、生身のものはなんでも苦手なんです」

そのつぶやきに、あれっと気がついた。やはり噂はほんとうのようだ。

すらりと細く背が高く、端整な顔立ちで人当たりもいい。けれど荒川君にはどうやら彼女がいないらしい。それもこれも、生身の女性が苦手で、マンガに出てくる女の子にしか興味がないから。荒川君に熱を上げるアシスタントの女子たちやマンガ家仲間が口々にそう噂していた。あまりにも天然すぎるキャラが邪魔をしているだけじゃないか、と私は思っていたのだが、魚でも女の子でも、なんであれ生身のものには興味がないっていうわけか。

焼きのサワラ、季節の天ぷら、根菜の煮物、鯛《たい》と黄ニラの鍋物などをオーダーして、ようやく乾杯となった。ビールや焼酎などオヤジ系アルコールを忌《い》み嫌う荒川君は、ちびちびとふた口ほど舐《な》めるように梅酒を飲んでから、

「で、ヒデホとあゆが出会った鶴見橋っていうのはこの近くなんでしょうか？」

いきなり訊かれて、私は今度こそ梅酒を噴き出してしまった。

「先生⁉　大丈夫ですか⁉」

げほげほとむせる私の顔を向かい側からのぞきこむようにして、荒川君があわてている。とっさに細身のパンツのポケットからギンガムチェックのハンカチを取り出して差し出してくれたが、すぐに引っこめて、代わりに萎《しな》びたおしぼりを差し出し直した。私はそれで口の周りを押さえると、「大丈夫、大丈夫」と答えた。

「まさか荒川君、私のデビュー作読んでたの？」

かれこれ四半世紀もまえに描いた、穴があったら放りこみたいデビュー作『でーれーガールズ』。岡山を舞台に繰り広げられる女子高生あゆみと大学生の恋人ヒデホのラブストーリーだ。もちろん、高校時代に描きためていた『ヒデホとあゆの物語』がベースになっている。もはや絶版になって手に入りにくい作品なのに、この若き編集者はちゃっかりと読んでいたようだ。

「当然ですよ。たとえ他社さんの作品だろうと、アユコ先生のお作品はすべて拝読しています」

珍しくまともに答えてから、荒川君は意外なことを言った。

「僕、実は『でれガル』で少女マンガに開眼したんです」

私のデビュー作を「でれガル」と縮めて呼んだのはこの青年が初めてだった。

「えっ、ほんとに？　あれを読んでマンガが好きになったの？」

荒川君はうなずいた。

「こんなにキュートな世界もアリなんだって。でも僕は絵を描く才能ゼロだから、編集者になってマンガ家先生をお助けしよう、って決めたんです」

「マジで？　それ、いくつのとき？」

「そうですね、二十年くらいまえだから、五歳ですか」

やはりこの青年が言うと本気に聞こえる。

「アユコ先生。僕、先生の担当になってからずっとうかがいたかったんですけど」

テーブルの上に次々に並べられる料理には箸もつけず、荒川君は正座したまま前のめりに訊いてきた。私は一瞬、身構えた。

「『でれガル』のあゆみとヒデホ。あれって、先生と先生の彼氏がモデルになってるんですよね？」

予想外の質問に、私はぐっと息を詰まらせた。自分の顔がたちまち赤くなっていくのがわかる。が、赤面を止めることはできない。ゆでダコのようになって、私はようやく答えた。

「なに馬鹿言ってんの。んなわけないじゃない。こんな地方都市にあんな垢抜《あかぬ》けてカッコいい人がいるはずないし」

荒川君は目を細めて私をみつめた。この美形にそうまでみつめられると、生身の女としては、年甲斐もなく余計赤くならざるを得ない。

「でも、あのリアルな情景描写は絶対に実話だって思えるものがありました。……ヒデホ君って先生の初恋の人とかじゃないんですか」

うっ。なかなか鋭い。

「違うよ。でもまあ、そうだな。言ってみれば……当時の理想の人、ってとこかな」

正直に返すと、「そうなんですか。僕とは違うんだ」と嘆息した。

「ぶっちゃけ、僕の初恋の人は……『でれガル』の中にいます」

どきっとした。それって、まさか……あゆみ（つまり私）？

「孝美《たかみ》です。あゆみの親友」

たちまち勝手に膨らんだ期待がしぼんでしまった。孝美は、あゆみがかわいいズッコケタイプなのに対して、どこか陰のある大人っぽい美女として登場していた。孝美はあゆみの彼のヒデホに恋をしてしまう。ヒデホを巡って友情にひびが入りかけるが、最後は孝美がカッコよく身を引く。孝美は恋よりも友情を選んだのだ。もちろん、孝美のモデルは武美だった。

「ヤンキー上がりの任俠《にんきょう》感と陰のある美少女ぶりが、『花のあすか組！』の九楽《くらく》あすかを彷彿《ほうふつ》させるというか……。『花のあすか組！』は一九八五年発表ですよね。『でれガル』は八四年。ひょっとして、あすかって孝美をモデルにして描かれたりしたんでしょうか？」

また話があらぬほうへ飛んだ。私は、「まあまあ、そんなことより、あったかいうちにサワラ食べようよ」と話題を変えた。

焼きのサワラをつつきながら、孝美のモデルっていないんですかね、と荒川君はまだぶつぶつとつぶやいている。私は、ほっそりと女の子のような指に握られた箸がサワラの切り身を崩していくのをみつめながら、

「モデル、いるよ」

ひと言、言った。荒川君がまぶしい瞳をこちらに向けた。

「孝美みたいに、颯爽《さっそう》としてて、男気があって、カッコよくてきれいな女の子。私のいちばんの友だちだった子が、孝美のモデルになったの。その子、まるであなたみたいに、私が描いたマンガの中の男のひとに本気で恋までしちゃって」

荒川君は、不思議そうに長いまつげをパタパタさせた。まったくこの乙男《オトメン》のまつげの長さはラクダ並みだな、などと思って、急におかしくなった。

十六歳の、冬がきた。

あの頃、朝一番の教室は氷室《ひむろ》のように冷えて、私たちの到着を待っていた。

やがて女の子たちがひとり、ふたりと集まってくる。おはよう、おはよ、と言い交わして、恋やスターや連ドラの話で活気づくと、ようやく空気が温《ぬる》み始める。元気な女の子た

ち自身が何よりホットな暖房器具のようだった。

教室にある暖房といえば、エアコンではなく、大きめの電気ストーブ。教室の一番後ろに鎮座して、真冬でもナマ足の女子高生たちの足もとめがけて一生けんめいに暖気を送っていた。教室の真ん中、後ろから四番目の席の私の足首には暖気がかろうじて届いた。その後ろの席の武美の足にはそれなりに届いていたのだろう、授業中は居眠りをしているようだった。

もうすぐ期末テスト。でもって、もうすぐクリスマス。私は教科書を机の上に立てて壁を作り、膝の上でせっせと毛糸針を動かす。母に教えてもらって、初めての手編みの手袋に挑戦中だった。うたたねから目を覚ました武美が、後ろの席から走り書きのメモを送ってくる。『だいぶできたん?』ときれいな文字が並んでいる。私は前を向いたまま、小さくうなずいて見せる。

この手袋はヒデホ君にあげるクリスマスプレゼント。武美にはそう話していた。それで、「できあがったら、ヒデホ君にあげるまえにうちがはめてみてもええ?」と頼みこまれてしまった。つややかな頬を紅潮させて、そしたらうち、ヒデホ君と間接手つなぎじゃ！ とはしゃぐ武美がかわいらしく思えた。

けれど、手袋はヒデホ君のためのものではなかった。

初めての生身の男の子へのプレゼント。——駅の連絡通路で出会った鈴木淳君のために、家でも、授業中も、路面電車で移動中も、せっせと針を動かしていた。もちろん、武美にそんなことを言えるはずがなかった。

ヒデホ君の存在と、プレゼントをあげる相手。結局、武美に二重に嘘をついてしまっていることになる。ときおりそう思い出して、胸の奥がちくんと痛んだ。

いっそ淳君の存在を打ち明けられたらどんなにラクだろう、とも思った。別に付き合っているわけでもなんでもない、いまはまだ、ただの友だちだけど。

淳君のこと。笑顔がどんなにすがすがしいか、少し癖《くせ》っ毛で、前髪をかき上げるしぐさがなかなかサマになってること、ちょっといかり肩、こっそりタバコを吸ったことがあって打ち明けてくれたこと、大好きな柳ジョージとビートルズ、あれもこれも、全部、武美に聞いてもらいたかった。どうして聞いてもらうことができないんだろう、とくやしく思いもした。そういう状況を作り上げてしまったのは自分なのに。

十月の初めに「地下道のブローチ屋」の店先で出会ってから、二か月。最初はブローチ屋の店長と三人で、店長が去ってしまってからはふたりで、週に二、三回会うようになっていた。駅前のベンチに座って話したり、地下街にある「白十字」や「夢二」でお茶したり、西口のジーンズショップ「ビッグアメリカンショップ」で洋服を見たり、はたから見ればどうってことのない付き合いだった。手をつなぐわけでもなし、付き合ってほしいと言われたわけでもない。それどころか、淳君に彼女がいるかどうかも知らなかった。聞いてみたい、とも思ったが、聞くのが怖くもあった。もしも彼女がいたら、どうすればいいのか見当もつかなかった。けれど、気さくに下校時に会ってくれる様子を見れば、彼女はいないと考えるほうが自然だった。彼女がいるかも、とか、自分を彼女にしてくれないか、などという余計な考えにはふたをして、ただただ、一緒にいる時間を大切に過ごしていた。

淳君と会う約束をしている日は、下校時間が近づくと、私は次第に落ち着かなくなる。その様子を後ろの席から眺めて、「今日はヒデホ君と電話の日？」と武美がぼそぼそ訊いてくる。私は、うんうんうん、と三回以上うなずいて、「早く帰りたい～ッ」と足をじたばたさせる。武美がくすくす笑う。

「大丈夫じゃて、ヒデホ君はちゃーんと忘れんと電話してくれるけぇ。いままでだって忘れたことなんかなかったんじゃろ？」

うんうんうん、とまた三回、うなずく。そのくせ武美の言っていることなどまったく耳に入っていない。頭の中は、もう、もう、もう、淳君でいっぱい。今日はもう少しだけ接近したい、ベンチでちょこっとくっつくくらいに座りたい、などと考えて、すっかり上の空だ。武美はあきれたような、けれど心底うらやましそうな声で囁く。

「恋は盲目じゃなあ。うちの言うことなんか、ちーっとも聞いとりゃせんで」

十二月初めのある日、ホームルームが終わるやいなや教室を飛び出そうとして、「あゆ、ちょっと待ってえや」と武美に呼び止められた。

「お願いがあるんじゃけど……」

気が急いている私は、「何？　早く言って」と乱暴に返した。武美は一瞬、目を泳がせたが、

「うちも、ヒデホ君にクリスマスプレゼントあげたいんじゃけど……」

私の表情がこわばるのなどちっとも目に入らないのだろう、武美は、珍しくもじもじと言葉をつないだ。

「別に、ふたりの邪魔するようなもんじゃねえけ。ヒデホ君のようけえおるファンのひとりからってことで、渡してもろうてもええかな」

私は一瞬、返答に窮《きゅう》したが、

「わかった。もう行ってもいい？」

また乱暴に言った。武美に止められて、淳君に会う時間が一秒でも減らされるのが耐えられなかった。武美はまだ何か言いたそうだったが、それを振り切るように教室を飛び出

すと、私は一目散に路面電車の停留所へ向かって駆けていった。

一九八〇年十二月二十四日。

とうとう、その日がやってきた。

その一週間まえ、私は全身心臓になったかのようにどきどきしながら、思い切って淳君に尋ねたのだった。クリスマスイブ、どうするの？　と。

もしも、約束があるんだ、と返事されたら。そのときは潔《いさぎよ》くあきらめるつもりだった。聖夜を一緒に過ごす誰かがいるとすれば、その人は淳君にとって特別なひとに違いなかったからだ。

あの頃くらいからだろうか、いつしか日本のクリスマスイブは恋人たちのものになっていた。彼氏とともに高級ホテルで一夜を過ごし、ティファニーのリングを贈られたりするバブルなイブの到来まではまだ少し時間があったが、女の子たちにとって、好きな人との距離をぐっと縮められる日となっていることはまちがいなかった。当時の女子としては、かなりど真ん中意中の人に、この日、手編みの手袋やマフラーをプレゼントすることは、かなりど真ん中ストライクを狙ってボールを投げこむようなものだった。手袋の完成を目前に控え、とにかくイブの予定を訊いてみよう、と私は決心したのだった。

淳君の返事は、「別に……」とそっけないものだった。が、私はたちまち有頂天になった。つまり、イブを一緒に過ごす特別な女の子はいないってことだ。春まっさかりの花畑の真ん中で光を浴びたような気がした。

「じゃあ、じゃあさ。よかったら、一緒に行かない？」

完全に舞い上がった私は、とっさに淳君を誘った。

「行くって、どこに？」

問われて、私の口は自然と動いてしまったのだった。

「えっと……あの……『どんきほーて』に」

いいよ、と返事をして、淳君はにっこりと笑った。それで、私たちがイブを過ごす場所は決まってしまった。私がいつもヒデホ君と会っている（ということになっている）か、そうでなければ武美やみずのと連れだって出かける喫茶店、「どんきほーて」。あの店で、クリスマスイブの夕方六時、私と淳君は待ち合わせをしたのだった。

私が、武美をがっかりさせることだけは避けよう、と深く考えていたのなら、あの場所を淳君との待ち合わせに決めたりしなかっただろう。

けれど、現実に恋をし始めていた私は、イブに好きな人と会う約束ができたことに夢中になってしまい、友のことを考える余裕などなかったのだ。

あとから思えば、あの日、武美も並々ならぬ決心をしていたことだろう。

十二月二十四日、朝。教室に入っていくと、武美がすぐに飛んできた。そして尋ねたのだった。「手袋、仕上がったん？」と。

ほとんど徹夜をして手袋は仕上がっていた。雪模様がちりばめられたかわいい包装紙に包んで、ブルーのリボンをつけた。カードも準備した。何度も何度も文章を考えて推敲《すいこう》して、「これからも一緒にいたいです」とようやく書いた。そのひと言に決めるまで三時間以上かかった。

空想上の恋人にではなく、いまを生きる男の子のために、気持ちの全部をこめて作った、生まれて初めてのクリスマスプレゼントだった。

「なんとか仕上がったよ」と答えると、武美はお小遣いをせびる子供のように、両手を揃えて私の前に差し出した。

「ほんじゃ、はめさせてよ。約束じゃろ？」

私は、「ああ……ええっと」と苦笑いをした。きれいにラッピングしたので開けるわけにはいかない。それに、淳君にはめてもらうまえに武美がはめるなんて。急に複雑な気分になった。なんていうか、それだけは許せない気がしてしまった。

「ごめん。もう包んじゃって、開けられないんだ」

武美の表情が歪んだ。

「約束したが。『間接手つなぎ』させてくれる、ゆうて」

「いや、あたし、そんなこと言ってないよ」困惑して、私は返した。

「武美ちゃんが自分で勝手にそう言っただけじゃん。私は何も……」

そこまで言ってから、はっとした。

武美の目が私を見据《みす》えている。いままで一度も見たことのない、不思議な表情の目だった。憎しみとか羨望とか恨みとか、責める目じゃない。たまらなく寂しそうな寄る辺《べ》のない目だった。

「そうじゃったな。……うちが勝手に言うたんじゃったわ」

自分に言い聞かせるように言って、武美は目を伏せた。泣き出してしまうかのような空気が、一瞬、私たちのあいだに流れた。私は何か言おうとしたが、うまく言葉が出てこない。武美は顔を伏せたまま、黙って教室を出ていった。

その日は一日、私たちはとても気まずく、口をきかずに過ごしてしまった。私は自分がいつになく強い口調で武美に接したことを後悔したが、時間が経つにつれ緊張が高まってきて、武美との一件には心が向かなくなっていった。もうすぐ淳君に会ってプレゼントを渡す、そのことばかりが私の胸をひたすらにはやらせた。

ホームルームが終わり、教室を出るまえに、一度だけ武美のほうを振り向いた。武美は朝と同じようにうつむいて、口を真一文字に結び、こちらをちらとも見ようとしない。構ってられないや、と私は邪険な気持ちになって、小走りに教室を出た。

路面電車に駆け乗ってから、あ、と気がついた。

そういえば、武美ちゃん、ヒデホ君に自分からのクリスマスプレゼントも渡してほしい、って言ってなかったっけ？

そう思い出した瞬間に、音を立ててドアが閉まった。チンチン、と発車を知らせるベルが鳴り、電車が走り出す。私は、窓の外、停留所に向かって歩いていく女学生たちの群れの中に武美の姿を探した。電車はあっというまに加速して、白鷺女子高の正門の前を通り過ぎてしまった。

武美ちゃん、今日はどんなふうにクリスマスイブを過ごすのかな。

車窓の外を流れゆく景色は宵闇《よいやみ》に沈みつつあった。淳君へのプレゼントの入ったミッキーマウスの布バッグを胸に抱いて、私は、友の目に浮かんだ寂しい色を思い出した。

イブの日は、ヒデホ君とどこで過ごすん？　やっぱ、「どんき」に行くん？

忙しく手袋を編む私の隣に、武美が座って尋ねる。机の上に頬杖をついて。

うん、そう。ほかに行くところもないし。

私は面倒くさくて、適当に答えた。

どんきに行って、それからどこに行くん？　鶴見橋？　それとも、あゆの家？

うん、たぶん。

ほしたら、あゆのお父さんとお母さんとお兄さんと、みんなでクリスマスの食事するん？

うん、たぶん。

編み目を数えるのに忙しい私は、武美の妄想になど付き合っていられない気分で、適当に答え続けた。武美は、はあ、と例のごとくため息をつくと、ええなあ、と夢でも見るようにつぶやくのだった。

うち、一度でええからヒデホ君に会いてぇわあ。でもやっぱり会うんはなんだか恐《きょう》てぇわ。

会ったら、きっと、好きになってしまうが。ほしたら、あゆに悪《わり》ぃが。

うち、ヒデホ君とあゆの邪魔しとうねえんじゃ。ふたりには、このさきもずうっと仲良うして、いつか結婚してな、子供を産んでな。……幸せになってほしいんじゃ。

そうじゃ。ふたりはうちの理想のカップルなんじゃけえ。幸せでいてほしいんよ。

幸せな聖夜を過ごしてほしいんよ。

そんなふうに言って、じゃけど、でーれー妬《や》けるわあ、と笑っていた。

電車が県庁通り停留所に到着した。岡山随一の繁華街、表町商店街は、華《はな》やかなデコレーションでいっぱいに飾られ、クリスマスソングが流れていた。淳君との約束の場所へ向かって歩きながら、私はなぜだか、すぐにでも武美に会いに引き返したい気分になっていた。

淳君にプレゼントを渡すのがなんとなく怖いような気がしてきた。手編みの手袋なんか、学校へはめていったら友だちになんて言われるかわからない。そんなものをもらったら、こいつおれのこと好きなんだ？　ってちょっと引かれちゃうかもしれない。これをあげたら、私たちの微妙だけど良好だった関係は一瞬で崩れてしまうかもしれない。後ろ向きな気持ちが次々と胸の中に立ち上がってくる。揺れる思いを、私は誰かに打ち明けて支えてもらいたかった。正確にいえば、誰か、じゃなくて、武美に。

ねえ武美ちゃん、聞いてくれる？

あたしね、好きな人がいるの。ヒデホ君じゃなくて、同い年の男の子。

ヒデホ君みたいにハンサムじゃない。背も高くないし、バイクにも乗ってない。ギターも弾かない、フランス語も話せない。ほんとにフツウの男の子。

だけど、笑顔がいいんだ。きらきらしてるんだ。優しいんだ。彼の笑顔を思い出しただけで、あたし、なんだか泣けてくるんだ。彼の笑顔が好きで、大好きで、胸がきゅうってなるんだ。

その人に、この気持ちを伝えたいの。でも、どうしたらいいかわからない。

ねえ武美ちゃん、どうしたらいい？

水がいっぱいに入ったコップを胸に抱く思いで、私は「どんきほーて」の前までやってきた。太い木の枝で作られたドアノブに手をかける。恐る恐るドアを押し開ける。カランカラン、とドアベルが鳴り、「らっしゃ〜い」とマスターがカウンターで元気よく声を上げる。

「おっ、あゆちゃん。ひさしぶりじゃな。今日はひとり？」

私は何も答えず、作り笑いをして、二階へ上がっていった。とたんに、どきっとする。いつもは高校生カップルがいちゃいちゃしているいちばん奥の席に、淳君が居心地悪そうに座っている。私をみつけると、やあ、と片手を軽く上げた。

私は緊張のあまり、右手と右足を同時に出してしまいそうになりながら、ぎくしゃくと奥の席へ向かった。コの字型にテーブルを囲むベンチ風の椅子に、淳君の斜め前になるように座る。

「……隣にくれば？」

ぼそっと淳君がつぶやいた。心臓が転がり落ちるんじゃないかと、私は思わず胸に両手を当てた。

「……い、いいの？」

「うん。いいよ」

私はもじもじしていたが、思い切って淳君の隣へ移動した。そのはずみで、学生服の腿《もも》と腿が触れ合った。たちまちそこだけが火傷《やけど》をしたように熱くなる。あわててお尻をずらして10㎝くらい離れて座り直す。苦し紛れに、私はうつむいたまま口早に告げた。

「メ、メリー・クリスマス」

「メリー・クリスマス」

淳君がすぐに応えてくれた。やっぱり、うつむいたままで。

アルバイトの大学生のお兄さんが注文を取りにきた。淳君はコーヒーを、私はミルクティーを頼んだ。お兄さんが立ち去ると、たちまち空気が張り詰めた。

いつもならすするすると会話が流れ出すのに。なんだかこのまま、別れ話が始まってしまいそうな……付き合ってもいないけど……。

「あのさ、これ……」

気まずい沈黙を破って、淳君の声がした。学生鞄をさぐると、淳君の手が、ぶっきらぼうに、テーブルの上に小さなものを差し出した。緑色のリボンがついた、赤い包装紙に包まれた小箱。私は顔を上げて、真横の淳君を見た。

「クリスマスプレゼント。君に」

えっ。

とっさに返す言葉がみつからず、私は視線を泳がせた。そして、消え入るような声で、「い、いいの？」とまた訊いた。「うん、いいよ。開けてみてよ」と淳君が言う。私は震える指先で包みを開けた。

白い箱が現れ、そっとふたを開けると、思いがけないものが出てきた。

金色の針金のブローチ。へにゃへにゃと不器用に曲げられて、「Ayu」の文字がようやく読める。

これって……。

「まえ、店長に教えてもらって、おれが作ったんだ。ジョージはでーれー不器用じゃ、下手くそじゃのう、って言われながら」

そう言って、照れくさそうに笑う。私は息を止めた。

じわっと涙がこみ上げ、視界がにじんでしまうのを、どうすることもできなかった。

「あれ、どうしたの？　……泣いてるの？」

のぞきこまれそうになって、私はあわてて顔を逸《そ》らした。そして、「あのっ、私も」とミッキーのバッグの中を探って、雪模様の包みを取り出した。

「これ、淳君に。私のほうこそ、でーれー不器用なんだけど」

今度は淳君が「いいの？」と訊いた。「うん、いいよ。開けてみて」ちょっと鼻声で返した。

包みの中から現れた、不細工な編み目のグレーの手袋。「うわあ」と淳君は目を輝かせた。

「すげえ。おれ、家から駅まで自転車だから……こういうの、欲しかったんだ」

きらきらした瞳を私に向けて、「はめてみていい？」と訊く。私は、うん、とうなずいた。

淳君は、両手にすっぽりと手袋をはめて、

「ぴったりだ。なんでおれの手の大きさ、わかったの？」

心底驚いている。私ははにかんで笑った。

一度もつないだことのない手。けれどいつか、つないでみたい手。一生けんめい、淳君の手の感じを思い出して作った。もちろん、そんなことは言えなかったけど。

「あったかい？」うれしくなって、訊いてみた。

「うん、あったかいよ」淳君もうれしそうに答える。そして、ほら、と手袋をはめたままの両手を私に向かって差し出した。

「ここに、載せてみて。あゆちゃんの両手」

思いがけない言葉に、私は一瞬で固まってしまった。私の手を、淳君の手に？　そんな、それって、だけど……。

淳君は、膝の上でもじもじする私の両手をやわらかく取った。そして、ぎゅっと握ってくれた。私の手は、淳君の手の中で、水から上がった小魚のようにぴちぴちと震えた。初めて私たちの体の一部がしっかりとつながり合った、そのとき。

「……お待たせしました」

聞き覚えのある女の子の声がした。テーブルの上に、ガチャン、とふたつのカップの載ったトレーが乱暴に置かれた。私は驚いて顔を上げた。

私たちの前に立っていたのは、武美だった。

みずのが山岡高の男子生徒たちに取り囲まれていたときと同じく、制服の上にマスターのシャツをはおり、エプロンをつけている。そして、まっすぐに私たちに向かって視線を投げている。氷のような視線に射抜かれて、私はぞくっと身震いをした。

「武美ちゃん？　……どうして……」

武美は、腕に提げていた紙袋から、リボンのついた包みを取り出した。そしてそれを、無言で私に投げつけた。私はきゃっと小さく叫んで、反射的に身を縮めた。

「何すんじゃ、おめえは⁉」

思いっ切り岡山弁で淳君が叫んだ。武美は氷の目をしたまま、何も言わずに身を翻すと、派手な音を立てて階段を駆け下りていった。

「ああ、びっくりした。……誰、あの子？　知り合い？」

全身に水を浴びせられたように、私は震えてしまって、言葉が出てこない。どうしよう、どうしよう、と頭の中で自分の声が響き渡った。

どうしよう、見られた、ヒデホ君にあげるはずの手袋が、別の男の子の手にはまってるの、武美に見られた。

どうしよう、バレた、私の嘘がバレた。ヒデホ君なんていないってこと、私が恋しているのはどこにでもいる普通の男の子だってこと。

どうしよう、どうしよう、どうしよう――。

「あれ？　なんかこれ、マフラーみたいだけど……」

さっき、武美が投げつけたリボンのついた包み。淳君が、ほどけた包みの中身を引っ張り出した。黒いマフラーと、白いマフラー。ふたつのマフラーが現れた。

黒いほうには「Hideho」、白いほうには「Ayu」。赤い毛糸できれいに綴られた名前があった。ふたつのマフラーのあいだから、カードがぱさりと床の上に滑り落ちた。私は、震える指で、そのカードを拾った。

メリー・クリスマス　ヒデホ君&あゆ

ヒデホ君は、私の永遠のあこがれ。

そしてあゆは、私の永遠の友だちです。

ふたりの幸せは、私の幸せ。

いつまでもいつまでも、仲良くね。

「あゆちゃん？……どうしたの？　泣いてるの？」

淳君の声がすぐ近くに聞こえた。その瞬間、私は立ち上がった。

「ごめんっ」

ひと言叫ぶと、ふたつのマフラーと鞄を引っつかみ、飛び出した。

背中で、淳君が呼び止める声がした。でも、もう、振り向かなかった。私は泣いていた。ぼろぼろに、泣いていた。その瞬間だけは、ヒデホ君を失うことよりも、淳君を失うことよりも、武美を、大切な友を失うかもしれないことのほうが怖かった。

聖夜、私は走った。クリスマスソングの流れる商店街を抜け、イルミネーションで輝く店先を通り過ぎ、黒く冷たく流れる旭川に向かって、そこに架かる鶴見橋目指して。

どうしてだろう、そこに武美がいる――と私にはわかっていた。

そこにいるはずの友に向かって、私はひた走った。そして、祈った。

まにあうように、どうかまにあいますように。

武美がこのさきも、ずっと友だちでいてくれる。そのぎりぎりのところに、どうかまにあいますように。


「そうかあ、孝美のモデルが実在するんだ。……アユ先生、もしかしてその人、明日の講演会に来たりしますか？　ね、来ますよね？　来るでしょ？」

三杯目の梅酒のグラスを傾けながら、いい気分になってきた荒川君が熱心に繰り返す。

私は「まあねえ」と明確な返答を避けた。

「来るとしたらどうすんの？」いちおう訊いてみる。

「当然、紹介していただきます」いっそう熱心な答えが返ってくる。

「もうおばさんだよ？　私と同い年なんだから」

ちょっとふてくされて言うと、

「いえ、おばさんじゃありません。孝美は永遠に十六歳です」

大真面目に言われて、笑ってしまった。

そうだ。マンガの中のヒデホ君は、永遠に二十一歳。私は永遠に十六歳。武美も、みずのも、みんな永遠に十代の光の中に閉じこめられている。美しい化石になって、氷結した時を生きている。

だけど、それじゃいけないんだ。私たちは、いまを生きて、あたりまえに年を取って、成長して、大人になっていかなくちゃだめなんだ。そう気がついたのは、いつだっただろう。

生身の男の子に恋をした、あのときだろうか。――いや、それとも。

友を失いたくない。胸いっぱいに願いながら北風の中をひたすらに走った、あの聖なる夜だったかもしれない。

＃6

リボンの白

講演会の、朝がきた。

ホテルのレストランには朝の光が差しこんで、窓際に座ると暑いくらいだった。朝食バイキングのスクランブルエッグやサラダなど、ごく少量を皿に盛ってテーブルへ運んだが、どうも食べる気がしない。全然二日酔いなんかじゃないんだけど、どうやら私、緊張しているみたいだ。

乙男編集者・荒川雄哉との昨夜の飲み会は、まったく飲みつぶれることなどなく、きっちりと午後十時には店を出て、タクシーで駅前ホテルまで送ってもらい、あっけなく終了した。いや別に、おしゃれなバーで二次会して、そのままいいムードになって……なんてことを妄想したわけでもない。荒川君は梅酒を四杯飲んで、焼きのサワラも鯛と黄ニラの鍋もきれいに食べて、シメにごまのアイスクリームも「超おいしい〜」とたいらげて、「じゃあ、明日の講演会にさしさわりがあるといけませんので、お送りします」と、十時五分まえには立ち上がったのだった。まったく、妄想を差しはさむ余地もなかった。

プラスチックの容器に入ったヨーグルトをひとさじ口に運んで、あ、これ蒜山高原《ひるぜんこうげん》ジャージーヨーグルトじゃん？ でーれーうまいわ、と心の中でつぶやいた。その瞬間、荒川君ファンを自称していたアシスタントの優里奈《ゆりな》ちゃんが言っていたことを唐突に思い出す。

荒川君が私の仕事場へ陣中見舞いに来てくれたときに、いつ行っても売り切れで有名な自由が丘のケーキ店のロールケーキを持ってきた。私とアシスタント女子たち四名は「荒川君、さすが～。気がきくよね～」と喜びながら、「うまい、うまい」とたちまちロールケーキをたいらげた。そのあとで、荒川君は、優里奈ちゃんと一緒にけなげにもキッチンでケーキ皿を洗ったりしてくれたのだが、そのとき、ぼそっとつぶやいたのだという。「僕、『うまい』って言う女の人、なんかコワいです。なんで『おいしい』って言わないんだろ」

「いやあ、それ聞いてさすがにドン引きでしたよ～」と優里奈ちゃんは笑っていた。私も笑ったが、内心、まったく無意識に「メシ」だの「食う」だの「うまい」だの、日常的に口にしている自分をちょっとコワく感じもした。まさしく肉食全開の言葉遣い。そばで聞いているインパラのごとき草食男子の血の気が引くのもわかる。

三十年まえの私は、こんなんじゃなかったんだけどなあ。

東京から岡山へ引っ越してきたばかりの頃は、標準語を使っただけで「お嬢さまぶっとる」と言われた。女子高生たちが使う岡山弁は、私の耳にはとても野性的に聞こえた。「あんたは何を言いよるん？　そねーなこと言いよったらおえんが！」「でーれーあんごうじゃな」「ちばけんでよ」などなど、十六歳女子全員が長門勇《ながといさむ》になったかのような話し方になかなかついていけなかった。けれどそのうちに、岡山弁の持つゆったりした語感、おおらかでのびのびした抑揚《よくよう》が心地よく感じられるようになった。

そねーなことばあしよったらおえんよ、あゆ。

テスト早《は》よう終わらんかなあ。早よう帰って、テレビ見てえわあ。

友人たちの発する言葉には、ほのぼのと川下りをする春の舟のようなのどかさがあった。岡山弁の輪に加わりたくて、めちゃくちゃな方言を使っていた時期もある。いちばん覚えやすくて使いやすい方言「でーれー」を連発して、ずいぶん笑われた。みんなになじみたくてやっきになっていた私に、「そねーにむりやり岡山弁使うことねえが」と言ってくれたのは、武美だった。

自然のまま、そのまんまのあゆでええが。

そうじゃろ？　ヒデホ君じゃって、そねーにゆうてくれとるんじゃろ？

パーカのポケットが三回、震えて止まった。携帯電話を取り出す。荒川君からメールがきていた。

おはようございます。昨夜はお疲れ様でございました。晩御飯、とってもおいしかったですね。本日のご講演、心より楽しみにしております。それでは後ほど、会場にてお目にかかれますことを楽しみに伺います。

好青年のお手本のようなメールだ。でもって、あたりさわりのなさも天下一品だ。つまんないなあ、と小さな液晶画面をしばし眺めたあと、ひらがなだけのメールを送り返した。これがリアル岡山女子だぞ、と言わんばかりに。

おはよう。きのうのばんめし、でーれーうまかったで！

ヨーグルトとコーヒーだけの朝食を済ませて、部屋へ戻る。講演会用に持ってきた黒いフォーマルワンピースを着る。メイクをしながら、だんだん緊張が高まってくるのがわかる。頭の中で自問自答がぐるぐる巡る。

なんか、このチークの色派手すぎない？　リップグロスも異様にラメ入ってるし。それ以前にファンデ重ね塗りし過ぎか。でも、こうでもしなくちゃ目の下の万年クマが隠せないよ。

うわっ、めっちゃ厚化粧。顔、白っ。目の周り、黒っ。鈴木《すずき》その子か。てか八代亜紀《やしろあき》か。じゃなくて、浜崎《はまさき》あゆみか。だったらいいか。どっちにしても、顔塗りつぶす気か私は。

それにしても無難だと思って持ってきたこのワンピ。なんの芸もない黒。膝頭が隠れる丈。でもって、パールのネックレス。黒パンプス。これじゃまんま葬式だよ。だめだめだ、こんなんじゃ。でも、同窓会用に持ってきたマルニのワンピはミニスカだし、あれはかえってイタい。

ああっ、馬鹿だ私は。こっちに来て丸二日もあったのに、なんで天満屋《てんまや》とか岡山一番街とかでまともな衣装、買わなかったんだろ？

しかしもうどうすることもできない。講演会は午前十一時開始、三時間後に迫っている。とりあえずパールのネックレスはやめにした。お受験ママさんのような地味ないでたちだが、ミニスカよりはましだろう。

支度をすっかり済ませてから、講演会用に作ったスピーチ原稿を手に、窓際のカウチに腰掛ける。小さく声に出して読んでみる。

「みなさん、こんにちは。小日向アユコです。今日は、母校白鷺女子高の創立記念日にお招きいただき、ありがとうございます……」

ああ、だめだこりゃ。いまの段階で完全に肩に力が入ってしまってる。これじゃ本番でまともに話せる気がしない。深呼吸を繰り返してみたが、余計に緊張してきた。

人前に立って話すなんて、よく考えてみると、この人生で一度もしたことがなかったような気がする。友人の結婚披露宴でスピーチを頼まれたりもしたが、すべて断ってきた。孤独に原稿と向き合う人生には、スピーチなんてまったく無縁だったのだ。

それを思えば、いまや母校の国語教師になっているという武美はすごい。毎日教壇に立って多くの生徒たちに語りかけているわけだから。私なんて、たぶん、四人以上の人の前に立ったら、緊張してなんにもしゃべれなくなってしまうだろうに……っていまから何人の前でしゃべるんだ私？　五百人？　六百人？

ああ、だめだだめだ、こんなんじゃ。

原稿をバッグの中に突っこんで、パンプスをはき、キャリーケースをつかむと、私は部屋を飛び出した。息が詰まりそうだった。このままじゃまずい。下手なスピーチをかまして笑われるのは自分だけじゃない。私を呼んでくれた武美が笑われてしまうかもしれない。それだけは、なんとしても避けたい。

チェックアウトをして、フロントにキャリーケースを預け、岡山駅へ向かった。講演会までの残り二時間半を、ホテルの部屋じゃなく、もっと広々とした場所で過ごそう、と思った。

路面電車に揺られて、「城下」まで出かけていく。祝日の午前八時半、電車の中はがらんとしていた。通学する生徒たちで混み合うのは平日八時過ぎまで。シラサギの生徒が乗っていたらちょっと和むかな、と思ったのだが、創立記念式典のある今日も、彼女たちの通学時間はもう終わっているようだった。

ものの五分で城下停留所に着いてしまった。私と二、三人のお年寄りが下車する。すっかり空っぽになった電車の箱は、信号が青になると、緩やかなカーブを曲がって行ってしまった。

停留所から地下道をくぐって、旭川側へ渡る。角には、高校生の頃、マンガのケント紙やペン先やスクリーントーンを買った文具店がある。昔のなじみの店が、新しくはなっているものの、同じ場所に変わらずにあるのを見るのは、やっぱりうれしい。

高校生の頃はお小遣いを一生けんめい貯めてスクリーントーンをせっせと買い集めた。不思議なもので、トーンを貼ると素人のマンガがたちまちプロっぽく見える。だから、使わなくてもいいようなところにまでトーンを貼った。使った分、また買い増さなければならなくなる。お小遣いをやりくりするために、放課後の買い食いの回数を減らしてトーンを買ったものだ。

文具店の前の緩やかな坂道を進むと、右手に岡山市民会館、前方には岡山城が見えてくる。岡山市民会館は、私の高校生時代には、憧れのスターのコンサートが開催される場所だった。中島みゆき、さだまさし、松山千春《まつやまちはる》、もんた&ブラザーズ。私は行ったことはなかったけど、クラスメイトは「きのうさださんのコンサートに行ったんよ！」と声を弾ませてみんなに報告していた。好きなスターはほんとうにさまざまで、みずのはアリス、チーコは松山千春、武美は……そうだ、ノーランズ。私はもっぱら淳君に教えてもらった柳ジョージとビートルズ。ビートルズがとっくに解散しちゃってもう存在しないっていうのが、どうしても信じられなかったっけ。

滔々《とうとう》と流れる旭川、その向こうに浮かび上がる岡山城。黒漆《くろうるし》で塗られた外観、堂々としたかたち。「城」の一文字を立体的に作ったような、実にそれらしい城だ。少女の頃にはあんまり興味がなかったけど、こうして見ると、なかなか、いや、かなりいい。講演会が終わったら、いっぺん上ってみるか。ってなんだか私、かなりヘンなテンションだな。

川沿いの遊歩道をしばらく歩き、小径《こみち》を抜けて右へ曲がると、そこにあるのは鶴見橋だ。橋の真ん中へやってくると、大きく伸びをした。二日まえ、ひさしぶりにここに佇んだときと同じように。

ああ、やっぱり。この橋の上を渡る風って、なんだか違うんだよな。

両腕を回して、大きく深呼吸をした。右、左と周辺を見る。誰もいない。チャンスだとばかりに、川面に向かって、ちょっと大きな声を出してみた。

「みなさーん、こんにちは！」

「こんにちは」

え？

ぎょっとした。いま、こんにちは、って返ってきたような……。

恐る恐る横を向く。さっきまで誰もいなかったはずなのに、少女がひとり、立っていた。それもかなりの至近距離に。きれいにカールした茶色い髪、ほんのりと赤みのさした色白のきれいな顔。セーラー服に、真っ白いリボンを結んで。

「……誰？」

思わず訊くと、

「おばさんこそ」

すんなり返ってきた。

反射的にむっとして、「おばさん言うな」と返すと、

「んじゃ、オバン」とすかさず言う。オバンとは岡山弁で「おばさん」のことだ。思わず

笑ってしまった。

「どっから湧いて出てきたの？　たしか十秒まえにはいなかったと思うんだけど」

「いや、おったよ。なんかでーれー挙動不審な人が来たな、って見とったら、いきなり『こんにちは！』とか言うけえ。おもれぇなあ、思うて」

ずいぶん人なつっこい女の子だな。しげしげと彼女をみつめて、気がついた。

この子、白鷺女子の生徒じゃないか。

シラサギはセーラー服に深緑色のシルクのリボンをつけている。彼女のつけているのは目も覚めるような純白のリボン。それですぐにはわからなかったのだが、セーラー服はまちがいなくシラサギのものだった。

「学校、どうしたの？　もう授業、始まるんじゃないの？」

何気なく訊いてみると、「今日、授業ねえんじゃ」と女の子は答えた。

「創立記念日じゃけえ」

私は彼女の白いリボンが風に揺れるのをみつめた。そして、唐突に思い出した。

そうだった。創立記念日。だから白いリボンをつけているのだ。

入学式や卒業式、そして創立記念日には、白鷺女子高の生徒たちは深緑のリボンではなく白いリボンを結ぶ。そういう決まりだった。そう思い出した瞬間に、私の脳裏にたちまち白いリボンの女の子たちが集う情景が浮かんだ。

緑色のリボンが白いリボンに変わる。ただそれだけのことだったのに、白いリボンの日は少しだけ背筋が伸びた。何かが誇らしかった。学校なのか、同級生なのか、自分自身なのか、何かはわからないけれど、何かをとても誇らしく感じていた。すがすがしく青いレモンみたいな。そんな思いで胸の中がいっぱいになっていた。

「そうか。それで、白いリボンをつけてるんだね」

私はつぶやいて、微笑んだ。

「でも、どうして？　そんな大切な日に、どうして学校へ行かないの？」

女の子は顔を逸らすと、朝日にきらめく水面に視線を放った。

「うん……いろいろあって、ちょっと」

そう、と私は言った。

「いろいろあるよ。生きてれば」

そんな言葉が口をついて出た。言ってしまってから、女子高生を励ますっていうより、仕事でポカした後輩サラリーマンを励ましてるみたいだな、と思った。

女の子は欄干に上半身を乗り出して、黙って川面をみつめていた。その横顔は、誰かに似ていた。ずっと昔に会ったことのある、誰かに。

「うち、友だちとケンカしてしもうたんよ」

ふいに、女の子が口を開いた。私は、欄干に背をもたれさせたままで、彼女の横顔を見守った。

「なんか、決定的な感じがしてな。もう、友だちじゃなくなる気がしてな。じゃけえ、うち、学校に行きたくねえんじゃ」

私は、口を結んだまま、吸い寄せられるようにして女の子の横顔をみつめていた。どんな言葉も出てこなかった。

友だちとケンカして、ひとりぼっちで橋の真ん中に佇む少女。

彼女はまるで、私、だった。三十年まえ、いちばん大切な友を失いかけて、うなだれてこの橋の欄干に身を預けていた私。夜の川、黒々とした水面を、どこか遠くの世界の入り口のように感じていた。あそこへ飛びこんでしまえば、何ごともなかったことにできるかもしれない。そう思って、何度も何度も地面から足を浮かせかけた。

そんなとき、聞こえてきた。あのひとの――ヒデホ君の声が。

なかったことにできればいい。そんなふうに思うことは、きっと誰にもあるよ。生きてれば。

でも、そうはいかないんだよ、あゆ。なかったことには、できない。それが、生きてるってことなんだから。

君がおれ以外の誰かを好きになってしまったこと、それを友だちに知られてしまったこと。それはもう、なかったことにはできないんだ。

あゆ。いままでのこと、全部、包み隠さず打ち明ければいい。

君のいちばんの友だち——武美に。

なあ、あゆ。いろいろあるよ。生きてれば。つらいこと、悲しいこと、うれしいこと。出会いもあれば、別れもある。それが、人生ってやつなんだから。


十六歳の、クリスマスの朝。

「鮎子っ！　いつまで寝てるつもりなの？　いいかげん起きなさいっ！」

ベッドの中でぐずぐずしていたら、母にふとんを引っぺがされた。ネルのパジャマの体を思いっきり縮めて、「ひゃ〜っ」と悲鳴を上げる。

「お腹痛いんだもん。きのうからアレで……」

「嘘言いなさい！　さっさと起きて支度して！　ほら、リボンのアイロンかけといたから、早く！」

深緑色のシルクのリボン。これに毎朝アイロンをかけるのが、シラサギ女子の大切な儀式だった。ちょっと黄色くなるくらい、ぎゅっぎゅっと熱いアイロンを押し当てる。上級生になるほど黄ばんでくるらしい。それがカッコええんじゃ、と教えてくれたのは、武美だった。

細身の鞄や、長めのスカート丈、ワンポイントの刺繍入りソックス。いかにカッコよく制服を着こなすか。全部、武美に教わった。武美がいなかったら、私の高校生活はきっと味気ないものになっていただろう。そう、マーガリンを塗ってない冷めたトーストみたいになっていたはずだ。

すっかり冷めたトーストをぬるい紅茶でのどに流しこんで、母に追い立てられて家を出た。コートを着て、紫色の軍手をはめて、自転車にまたがる。首には二本、毛糸のマフラーをぐるぐる巻いていた。黒いマフラーと、白いマフラー。そして、頭の中はふたつのことでいっぱいだった。

ひとつは、もう淳君には会えないかもしれない、ってこと。そしてもうひとつは、もう武美とは友だちでいられなくなるかもしれない、ってこと。

クリスマスイブ。私は、とうとう淳君に手作りの手袋を渡した。淳君はそれをはめて、両手でぎゅっと私の手を握ってくれた。ひょっとしたら、あの一瞬、私たちの気持ちはひとつにつながったかもしれない。切れてしまう瞬間の電球が、すごく強くチカッと光るみたいに、ほんの一瞬だけ。

そのチカッとした一瞬に飛びこんできたのが、誰あろう、武美だった。手と手をしっかりとつないだ私と淳君。ふたりを見据えた、武美の、あの目。不思議なことに、まなざしに怒りはなかった。ただ、泣き出してしまいそうな、こわれそうな寂しさが浮かんでいた。

そして、投げつけられた包みの中から飛び出したのは――黒と白、ふたつのマフラー。「Hideho」「Ayu」と赤い毛糸でつづられた、私と、私の空想の恋人の名前。

私は、淳君を振り切って走った。クリスマスソングが流れる町を、光り輝くイルミネーションに彩られた商店街を、どこまでも走った。鶴見橋めがけて、武美に追いつくように。

たどりついた鶴見橋に、武美の姿はなかった。橋の欄干に両手を突いて、はあはあ、はあはあ、いつまでも白い息を吐きながら、私は涙を流した。涙がほっぺたの上を流れて、木枯《こが》らしがその上をかすめて、凍ってしまうほど冷たかった。

叫びたかった。武美ちゃん！　と。友の名を、夜に向かって叫びたかった。だけど、できなかった。友の名も、好きな人の名も、空想の恋人の名も呼べずに、私は、ただただ、いつまでも泣くことしかできなかった。

真っ暗で、橋の上には私ひとり。足下には川が黒々と流れるばかりだ。誰かに見られているはずもない。それなのに私は、武美の名前を叫ぶことができなかった。

恥ずかしかったわけじゃない。怖かったのだ。友の名を呼んで、それに応える声が聞こえないことが。

あの頃、携帯電話もインターネットもなかった。武美は、家の場所も電話番号も教えてくれはしなかった。だから、友がどこにいて、何をして、どんな気持ちでいるのか、確認する術《すべ》など何ひとつなかった。

肩を落として、私は家路についた。さっきまで淳君と一緒にいた「どんきほーて」に戻る気持ちにもなれなかった。好きな人と、いちばんの友だち。その両方を一瞬で失ってしまった気がした。

私の気持ちとは裏腹に、クリスマスの朝は冴え冴えと晴れ渡っていた。重い足取りで自転車をこぎ、駅前から路面電車に乗る。電車に乗るまえに、鞄の中に「Hideho」の刺繍が入っている黒いマフラーをしまいこんだ。

いつものように、電車の中は女の子たちの放つ果実のようなにおいで満ちている。超満員の車内は少し汗ばむくらいの熱気だったが、私は「Ayu」の刺繍が入っている白いマフラーをはずさずに、やわらかな毛糸の中に鼻までうずめていた。マフラーは、かすかに武美のにおいがした。

下を向いたまま、教室に入る。ほんとうは、武美が来ているかどうか一瞬でも早く確認したかったのだが、顔を上げられない。おはよー、あゆおはよー、とクラスメイトたちが声をかけてくる。私は自分の席に座ると、こわごわ顔を上げ、武美の席のほうを見た。

武美が座っていた。他のクラスメイトと何やら話しこんでいる。ときどき笑い声を上げている。何ごともなかったように、いや、いつも以上に元気そうだ。

その様子を見て、私はほっと息を放った。それから、膝の上に置いた白いマフラーを両手でぎゅっと握りしめた。

あやまんなきゃ。

今日、教室に武美が来ていたら、最初にしなくちゃいけないこと。それは、あやまることだった。ごめんね、とひと言。それから、昼休みに食堂横のベンチかどこかへ誘って、きのうのこと、ちゃんと説明する。ごまかさずに。

ごまかさない。もう、嘘ついたりしない。そうすればきっと、武美と私は友だちでいられる。

思い切って立ち上がると、私は武美の近くまで行った。そして、「武美ちゃん、あの……」と声をかけた。武美はちらりとこちらへ視線を投げたが、目を逸らすと、いままでしゃべっていた子に向かって話を続けている。私は棒立ちになって、しばらくそこから動けなくなった。

怒ってる？

当然だった。昨夜のできごとを考えれば、武美は当然、怒っているのだ。それなのに私は、ひと言あやまりさえすればどうにかなるんじゃないか、と思っていたのだ。

ゆうべ、鶴見橋の上で、私は、大切な人を同時にふたり、失ったと思った。武美と、淳君。それから一晩、考えた。どうしたらいいか。どうしたら、大切な人を失わずにすむか。

淳君のことは、不思議なくらい、あっさりとあきらめがついた。「どんきほーて」で三人が鉢合《はちあ》わせてしまったあのとき。そして、武美の手作りのマフラーとクリスマスカードを見たとき。私は、ほんの十秒で、淳君に恋することをあきらめたのだ。

いつか武美にほんとうのことを打ち明けて、わかってもらいたいと思っていた。そして、淳君というボーイフレンドと、武美という親友——空想の世界じゃなくて、現実の世界を生きる大切な人をふたりとも、私は自分の近くに感じていたい、と願っていた。

けれど、現実はそんなに甘いものじゃなかった。好きな人と、いちばんの親友と。どちらかを取れ、というないじわるな選択を、神様はいきなり私に突きつけてきた。そして私は、選んだのだ——武美を。

あやまらなくちゃ、武美に。ごめんね、とひと言。とにかく、それが最優先だ。

びっくりさせてごめんね。実は私、ヒデホ君じゃない人を好きになっちゃったんだ。それを、ずっと武美ちゃんに打ち明けたかった。ヒデホ君には……もう、伝えたよ。あなたじゃない人を好きになっちゃった、って。

許してくれたよ。いいんだよって。遅かれ早かれ、そういう日がくると思ってたって。だって、おれは神戸に住んでて、君は岡山で……。ううん、そうじゃない。そうじゃないの、武美ちゃん。

ほんとはね、ほんとは……ヒデホ君は、この世のどこにも存在しない人、だったんだ。そう、私のマンガの中だけで生きている人。紙とペンで作り出した空想の恋人。手をつなぐことも、抱きしめてもらうこともない。どんなに寂しくても、どんなに会いたくても、バイクに乗って飛んできてくれるなんてこと、ありえない。全部、嘘だったの。

もっと早く、ほんとうのことを言えばよかった。だけど、だんだん、怖くなったの。武美ちゃんがあんまり、ヒデホ君のこと、本気で憧れるようになったから。

ヒデホ君なんて、ほんとはどこにもいない。そのひと言が武美ちゃんを傷つける気がして、怖かった。

　嘘でもいいから、ヒデホ君が武美ちゃんを元気づけてくれればいいな。武美ちゃんの毎日を輝かせてくれればいいな。武美ちゃんが、私のマンガを楽しみに、これからもずっと楽しみにしてくれればいいな。そう思ってた。

　いけないことだとわかってて、私は、あなたに嘘をついた。

　こんな、馬鹿みたいな嘘を。

　すべて包み隠さずに伝えたかった。けれど、できなかった。武美は見事に私を無視した。近づくことすら許さない、そんなオーラを放っていた。

　結局、その日、武美と私はひと言も口をきかないまま、放課後を迎えた。

「なあなあ、マクドナルドでハンバーガー食べていかん？　みんなでクリスマス会しようやあ」

　授業が終わると、みずのが声をかけてきた。周りにいた何人かが「ええが～」「うちも行く」と声を上げた。私は、ほのかな期待を持って武美の方へ顔を向けたが、その姿はとっくに消えていた。

「今日はうちで家族とケーキ食べるけ、さきに帰るわ」

　そう言って、私はひとり、路面電車に乗った。心は冬の曇天《どんてん》のように凍《い》てついていた。

しゃがみこんでしまいそうなほど重たい心を抱いて、西口通路を歩いていく。ふと、

「あゆちゃん」と呼びかけられて、足を止めた。

淳君が立っていた。あの「ブローチ屋」があったあたりに。私は、息をのんで彼の手もとを見た。

淳君は両手に手袋をはめていた。私が編んだ、編み目の不揃いなグレーの手袋。それをみつけた瞬間、逃れようのない苦しみのような、苦い後悔のような、何とも言えないぶつぶつした泡が湧き上がってきた。私は、押し黙ってうつむいた。

「きのうは……あれから、どうなったの？　あの子と」

淳君は訊きづらそうに言った。私は、「ごめんなさい」と言葉を絞り出した。

「私、嘘ついてたの。……淳君に」

淳君が息を詰めるのがわかった。私は、いま言わなければこのさき一生後悔する、と悟ったような気分で、一気に告げた。

「私、ずっと付き合ってたひとがいるの。そのひとは、神戸大の三回生で、バイクに乗ってて、バンドもやってて……すごくモテて、カッコいい大人の男のひと」

淳君は、口を半分開けてわたしをみつめている。

「でも、そのひとは、いつも遠くにいて、会いたいときにもすぐ会えないから寂しかっ

た。こんなに苦しいなら、別れたほうがいいかも、って思った。だから、淳君に近づいたの。もしかして、淳君がその人の代わりになってくれるかも、って」

「代わりに……」

放心したような声が聞こえた。私は夢中で続けた。

「でも、ごめん。やっぱり、だめだった。私は、やっぱり、あの人が好き」

そこまで言ってしまってから、私はようやく顔を上げた。

色の失せた淳君の顔が目の前にあった。私は、自分の顔からも血が引いていくのを感じた。私たちは雑踏の中で向き合ったまま、しばらく無言で佇んでいた。

どのくらい経っただろう。五分、いや、ほんの一分だったかもしれない。けれど、恐ろしく長い沈黙のあとに、「あゆちゃん」と沈んだ声が私の名を呼んだ。

淳君の両手からゆっくりと手袋が抜き取られるのが見えた。不格好なふたつの手袋は、私に向かってまっすぐに差し出された。

「返すよ。そういうことなら、もらえない」

私も、黙って手を差し出した。滑稽《こっけい》なほど指先が震えて、手袋が足下に落ちてしまった。拾おうとしてあわててしゃがむと、

「もう、君とは会わない。さよなら」

頭の上で声がした。私は、しゃがみこんだままで目をつぶった。すり切れたコンバースのスニーカーが遠ざかっていく音を、けんめいに耳で追いかけた。行き交う幾多の足音に混じって、コンバースは、あっというまに雑踏の中に消えた。

さよなら。

両膝を抱えて、私はひとり、雑踏の中で泣いた。

二か月まえには、あの陽気な風来坊の店長が勝手に店を広げていた場所。淳君と私、ふたりでしゃがんで、いっぱいに並んだ針金のブローチをひとつひとつ品定めして、笑い合った場所。

その場所で、私はその日、生まれて初めて恋を失った。

結局、その後、武美とはひと言も会話を交わさないまま、私は新年を——一九八一年を迎えた。

おだやかな元旦だった。父は、少し多めにお年玉をくれた。母は、丸い餅が入った岡山らしいお雑煮《ぞうに》を作ってくれた。兄は、新年のあいさつもそこそこに、彼女と吉備津彦《きびつひこ》神社に初詣《はつもうで》に出かけていった。

「鮎子も今年は二年生だな。そろそろ進路を決めなくちゃならないだろ。忠彦《ただひこ》と同じく、岡大へ行くつもりか？」

おとそを飲んで上機嫌の父が言う。母が、「いまの成績じゃ無理ね」と嘆息する。

「マンガばっかり描いてないで、今年はちょっと勉強なさい。まさかマンガ家になるつもりじゃないんでしょ？」

「マンガ家になるよ」私はお餅を箸で伸ばしながら返した。

「私、マンガ家になる。私のマンガ読みたいって言ってくれる人がいるから」

父と母は顔を見合わせて、さもおもしろい冗談を聞いたように笑っていた。

年末年始、私は、年賀状も書かず、宿題も勉強もせず、ただひたすら描いていた。『ヒデホとあゆの物語』を。

マンガの中で、ヒデホとあゆはさまざまなことを経験していた。抱き合って、キスして、ちょっと危ない関係になって——あゆが同年代の男の子に魅《ひ》かれて、そのことをヒデホが知ってしまったり。結局、ヒデホはあゆのことを許した。君がおれ以外の誰かを好きになったって事実は、なかったことにはできないんだから、と。

自分の気持ちに正直に生きろよ、あゆ。

おれは、自分の気持ちに素直なあゆが好きだ。いまも好きだ。これからも、ずっと。

ずいぶん都合のいい展開だ。マンガの中で、あゆはどこまでもヒデホに許され、愛されていた。なんでこんなドジでマヌケな取り柄のない女の子が、ヒデホみたいに完全無欠の男性にここまで愛されるのか。いまの私だったらツッコミまくるだろう。けれど私は、いつも春風が吹いているようなヒデホとあゆの関係に、決定的な登場人物を絡《から》めることで、物語を意外な結末へと導いていった。

その登場人物とは、孝美。そう、武美をモデルにしたもうひとりの女の子を、私は登場させたのだ。

美人で、颯爽《さっそう》としていて、カッコよくて、どこか陰のある、「赤いシリーズ」に出てくる山口百恵みたいな女の子。とてもじゃないがあゆと同い年とは思えないような物言いや態度。あゆは孝美に憧れる。孝美みたいな女の子になりたいと願う。

そんな孝美に、ヒデホがどんどん魅かれていく。あんなにあゆを大切にし、これからもずっとそばにいると誓ってくれたヒデホが。ヒデホと他の男の子のあいだで気持ちが揺れながらも、結局ヒデホのところに戻ってきたあゆだったが、ヒデホが孝美に魅かれていくのを止めることができない。孝美もヒデホに魅かれつつも、「ふたりの邪魔はできないよ」と自分の気持ちを否定する。そんなふたりに、あゆは言うのだった。

どうして自分の気持ちに素直になれないの？

ヒデホ君も、孝美ちゃんも。私には、そのままのあゆでいい、素直なままのあゆがいちばんだ、って言うくせに。ふたりとも、ちっとも素直じゃない。

お互い、好きじゃないなんて、嘘つき。ほんとは、一瞬でも、もう離れられないくらい好きなくせに。

私のことを思って、なんでしょう？　私がいるから、なんでしょう？　だったらもう、気にしないで。私は、ふたりの前からいなくなるから。

そうして、あゆは鶴見橋に向かう。自らの命を川に投げ捨てるつもりで――。

一月の学年末試験のあいだも、二月のシラサギの入試期間のあいだも、そして卒業式が間近に迫る三月も。私は描き続けた。せつない恋、こわれそうな友情の物語を。

その間、ずっと、聖夜を境に武美と私のあいだにできてしまった深い溝は、ぽっかりと暗い口を開けたまま、決して閉じてはくれなかった。

武美は、ほかのクラスメイトたちとは変わりなく接し、ごく普通にふるまっていた。笑ったり、しゃべったり、居眠りしたり。特に楽しそうでもなく、かといってつまらなそうでもなく。そういう日常が、ずっとまえも、いまも、これからも、続いてきたまんまを生きている、そんな感じで。

まるで、私という友だちなんて最初からいなかったように、ヒデホ君なんて憧れの人はまったく存在しなかったみたいに。

みずのは「あんたら、なんかあったん？」と尋ねてきたが、「別に」と答えると、それ以上問い質《ただ》しはしなかった。武美にも、私にも、変わらずに接してくれた。そして、ときどき思い出したように「仲直りせられえ」と囁いた。

私は、毎日マンガを描いた。描き続けた。いつかきっと、いや、もうすぐ、武美は声をかけてきてくれるはずだ。なああゆ、『ヒデホとあゆの物語』はどうなったん？　って。だから、私は描き続けるんだ。私の最初の、いちばん熱心な、そしてたったひとりの読者のために。

マンガのノートはどんどん増えていった。そのノートを鞄にぱんぱんに詰めて、私は放課後、毎日、鶴見橋へ通った。そして待った。武美がやってくる、そのときを。

冷たい川風が吹く中、白いマフラーに顔をうずめて、暗い水面をみつめるうちに、ふっと足が浮いてしまいそうになる。真っ黒な水の表面に向かって落下していく自分の姿を想像する。そのたびに、声が聞こえてくるのだった。

なかったことにできればいい。そんなふうに思うことは、きっと誰にもあるよ。生きてれば。

でも、そうはいかないんだよ、あゆ。なかったことには、できない。それが、生きてるってことなんだから。

それは、ヒデホ君の声だった。けれど、いつしかそれは武美の声に変わっていた。その声が聞こえてくれば、私はきまって顔を上げ、欄干が延びていく先を見た。そこには、二次元の世界から抜け出してきたヒデホ君のまぼろしが見えた。彼は、少し離れたところ、欄干に軽やかに腰かけて、微笑みかけてくれるのだった。

いろいろあるよ。――生きてれば。

彼の励ましに、そうだよね、と応える。

そうだよね、ヒデホ君。生きていれば、いろいろあるよね。

だけど、いまの私は、そんなふうに自分をごまかしたくない。

いろいろあっても、生きている限り、武美と私は友だちなんだ。そう、思いたいんだよ。

「ねえ、あなたシラサギの生徒だよね？　よかったら、これから一緒に行かない？　学校へ」

鶴見橋の欄干にもたれて、私は見知らぬ少女のセーラー服の襟もとで白いリボンが翻るのをみつめながら、そう言ってみた。少女は目を瞬《またた》かせて私を見た。

「オバンと一緒に？　なんで？」

またオバンと呼ばれてしまった。でもまあ、くやしいけど、この子から見れば確かに私は完璧なオバンなのだ。

「いや、まあ、ちょっと用事があってね。シラサギに行かなくちゃいけなくて」

自分の身の上を明かそうかとも思ったが、やめた。それよりも、この子が私の講演会を聴いてくれたらおもしろいかな、と考えた。あれっ、橋の上で会ったあのオバンじゃが！　うっそー、マンガ家の小日向アユコじゃったん⁉　なあんてね。

少女は、無垢《むく》な瞳を私に向けていたが、

「行かん」

ひと言、応えた。私は肩透かしを食らった気分になった。

「なんで？　行こうよ」

「いやじゃ、オバンと一緒になんかよう行かんわ。うち……」

ふっと笑うと、女の子は言った。

「うち、ひとりで行くけえ」

春の目覚めのような、すがすがしい笑顔。私は、たったいま開いたばかりの明るい花をみつけたように、その笑顔をまぶしくみつめた。

「そっか。ひとりで行くのね」

うん、と女の子はうなずいた。そして、言った。

「ありがとう」

唐突に礼を言われて、私はまた面食らった。

「どうして？　私、何にもしてないのに」

「ううん。いろんなもん、くれたじゃろ。うち、全部受け取ったけえ」

不思議なことを言う子だな、とおかしくなった。

「あっ、そうじゃ。いろんなもん、くれたお礼に」

女の子はそう言うと、セーラー服の襟から、するりと白いリボンをはずした。そして、

「はいこれ」と、私に向かって差し出した。

思いがけない贈り物に、私はきょとんとしてしまった。

「え？　なんで？　これ、記念日につけるリボンでしょ？」

「へえ、なんで知ってるん？」

「だって、シラサギの制服はふだんはあの深緑色のリボンじゃない。すごいかわいくって、超有名だよ。常盤《ときわ》の松の色、瀬戸内のオリーブの色、でしょ？　で、創立記念日とか

卒業式とか、特別な日だけ、白いリボンを結ぶんじゃなかったっけ」

女の子は、気持ちよさそうにことことと笑った。

「オバン、でーれーなあ。その通りじゃが」

でーれーなあ、と言われて、なんだかうれしくなってしまった。けれど、ここで後輩から大切な白いリボンをせしめるわけにはいかない。

「これから創立記念式典に出るんなら、やっぱりリボンつけていかなくちゃ、でしょ?」

女の子はみずみずしい瞳で私をみつめていた。そして、もう一度、ふっと微笑んで、

「じゃって、オバン、なんだかお葬式にでも行くみたいじゃが。真っ黒な洋服で」

そう言って、女の子は、私に一歩、近づいた。そして、ふわりと白いリボンを私の襟の周りに巻きつけた。その瞬間、甘い果実のような、なつかしいにおいがした。

「ほらあ、でーれーきれいじゃが」

私はそっと襟元に指を伸ばした。つややかなシルクの感触。ああ、なんてなつかしいんだろう。シラサギのリボンだ。指先がその感触をなつかしがって、少しだけ震えた。思わず目頭が熱くなってしまった。

「ええんよ、うちは。いつも通り、これつけてくけえ」

そう言って、女の子は、ぺしゃんこの学生鞄から引っ張りだした。深緑色の、あのリボ

ンを。

「わあ、なんか黄ばんでるよ。ずいぶん年季が入ってるね」

「何をいよるん。これがカッコええんじゃが。この色出すのに、でーれー苦労したんよ」

やっぱり、毎朝、熱いアイロンをあてているのだろうか。後輩たちのいまも変わらないおしゃれの努力をいとおしく感じた。

風をまとうように、深緑色のリボンをセーラーカラーに巻く。大好きな制服のリボン。いまも変わらずに、女の子たちの胸もとでまぶしく翻っているリボン。

女の子は笑顔になって、「ほんじゃ、うち、行くけぇ」と言った。

「わかった。じゃあ、私も」

「ついてこんでよ。うち、ひとりで行くんじゃけぇ」

「それはこっちのセリフよ。私だってひとりで行くんだからね」

「わかっとるって。じゃあね」

女の子は、大きく手を振って、橋の向こう、シラサギとは反対方向の後楽園側へと走っていった。なんだ、逆じゃないの。ちゃんと学校行ってよね、でもってあとで私の講演聴いてびっくりしろよ、と心の中で語りかけながら、セーラー服が小さく消えていくのを見送った。

さて。私も、行くか。

朝の緊張が嘘のように消えていた。なんとなく、やる気満々になったような。

よし、この調子で講演会を乗り切って、最終の新幹線に乗る間際までみんなで飲もう。

そうだ、武美に言っとこうかな。お薦めの店予約しといてよ、って。

バッグから携帯電話を取り出す。着信があったことを知らせるシグナルが点滅している。誰だろ、荒川君かな？　と思いながら、携帯のフラップを開けた。

電話が入っていた。十回も。一分おきに。――シラサギの事務局から。

なんだろう？　講演会開始まで、まだ一時間あるけど。

かけ直そうとした瞬間、携帯が震え始めた。白鷺女子高の事務局からだ。通話キーを押し、「はいはい、何度もすみませんでした……」と応えたそのとき。

『小日向先生ですか⁉　いまどちらにいらっしゃいますか⁉』

飛びかかるような女性の声が聞こえてきた。

「どこって、城下の近く……ですが？」

答えながら、私は、さっきの少女が消えていった橋の向こう側に視線を投げた。

その瞬間、ふと、奇妙にリアルな既視感に襲われた。

いつか、こんなことがあった。いつか、この光景をみた。私、いつか、ずっとまえに

――ここで、あんなふうに、別れたことがある。

……武美と。

『実は、さきほど病院から連絡がありまして……今回の講演会を企画した、本校の教諭、荻原先生が……旧姓、秋本武美さんが……』

急逝《きゅうせい》しました。

かさっ、と耳もとで白いリボンがやわらかな音を立てる。橋の向こう、ずっと遠くへ去っていく少女の後ろ姿が、スローモーションのようによみがえる。

うち、ひとりで行くけえ。

あの日、私たちは、十六歳だった。

私と武美が最後に別れた、春まだ浅い日。

私たちの胸には、それぞれに、リボンの白、輝く無垢《むく》なひと色が翻っていた。

最終話　友だちの名前

鶴見橋から白鷺女子高まで、タクシーですっ飛んでいった。

武美急逝、という白鷺女子高事務局からの一報を受けて、私がどれほど混乱したか、表現するのは難しい。講演会まであと一時間を切っているのに、どうしてそんな悪い冗談を言うんだろう？　いや、ひょっとして、この講演会そのものが壮大なジョークだったんだろうか？　もしかしてこれ、ドッキリとかだったりして？　マンガ家小日向アユコを引っ掛けるために、出版社とテレビ局が組んだとか？

そうだ、きっとそうなのだ。顔面蒼白、私が講演会をすっぽかして病院に駆けつけたら、ヘルメットを被った武美がいて、「ドッキリ」のプレートを掲《かか》げて、「あはは、引っかかったわあ！」って大笑い、に違いない。

冗談だ、ドッキリだ、と自分に言い聞かせながら、私はタクシーに飛び乗った。すぐにでも「武美が息を引き取った」という病院へ行くつもりだったが、携帯に連絡をしてきた白鷺女子高事務局の女性は、とにかく学校へ来てください、すぐに、と言った。詳しくはその場で話しますから、と。

心臓がばくばくと暴れて、胸から転がり落ちそうだった。落ち着いて、落ち着いて、と私はけんめいに自分に言い聞かせた。

学校に着いたら、校門の前に武美がいる。余裕の笑顔で、どしたん、顔でーれー真っ青じゃが、と声をかけてくれる。講演会のまえにちょっと冗談が過ぎたかなあ、とおもしろそうに。

あゆ。実はこれ、ちょっとした仕返しじゃけん。

あんた、私にでーれー嘘ついとったけぇな。恋人がおるゆうて。どこにもおりゃあせん理想の男の子、ヒデホ君ゆう恋人がおる、ゆうて。

私、恋してしまったんじゃからな。ヒデホ君がほんまにおるって信じて、あんたの恋人なのに恋してしまったんじゃからな。友だちの恋人を好きになって、どんだけ苦しんだか、あんたにわかる？

仕返しじゃ。あはは、ザマミロ。

そんなふうに笑い飛ばしてくれるはずだ。それから、さあ行こう、講演会頼むで、と肩を叩いてくれるはずだ。

タクシーが白鷺女子高の正門の前で停まった。私は、鶴見橋の上で出会った女の子の姿を無意識に探した。やわらかな茶色い髪、白いリボンを私に渡し、代わりに深緑色のリボンをセーラー服のカラーに巻いて立ち去った、まぶしい瞳の少女。

正門の前で私を待っていたのは、何人かの白鷺女子高の関係者、同窓生のみずの、そして白髪頭の小さな婦人。武美の義理のお母さんだった。

タクシーから降りて、その場に立ち尽くした私のもとに、みずのが駆け寄った。

「あゆ。……武美……た、武美がっ……」

ひりひりした声でみずのが言った。赤く泣きはらした目にみるみる涙が浮かぶ。あとはもう、言葉にならなかった。

友の泣きじゃくる姿を目にして、ようやく私は、これが嘘ではなく現実のことなのだ、と理解した。その瞬間、感電したように戦慄《せんりつ》が体の中を駆け抜けた。

まさか。

死んだって？……武美ちゃんが？

一瞬で血の気が引いた。足が震え、いうことをきかない。まるでジェットコースターから降りた直後のようだった。

何が起こったのか、理解できない。助けを求めるように、私はお義母さんを見た。

お義母さんは、私と目が合うと、ことんと小さく頭を下げた。私は、たまらずに、震える足でお義母さんの近くへと歩み寄った。なんと言葉をかけていいのかわからない。迷子になってしまったように、私は、ただ黙ってお義母さんをみつめた。

お義母さんは、背中をまっすぐに起こして、うるんだ瞳で私をみつめ返すと、静かな声で語りかけた。

「アユコ先生。このたびは、武美のわがままを聞き入れてここまで来てくださいまして……ほんまに、ありがとうございました」

そして、つま先におでこがくっつくくらい、深々と頭を下げた。私は、やっぱり声が出ないままだ。

お義母さんも、けんめいに言葉を探しているようだった。やがて顔を上げると決心したように語り始めた。

「あの子は、武美は……息子と結婚したあと、心臓の病気になったんです。手術は受けようない言うて、ずっと投薬治療を続けとりました。いったんは良うなって、すっかり治ったようにも思えたんですが……」

武美は、心筋症《しんきんしょう》という病を患《わずら》っていたのだという。

原因不明の、誰でもなり得る可能性のある病気。症状によっては、心臓の移植手術を受ける以外は完治しない。ドナーが現れるのを待ち続け、たとえ手術を受けられたとしても高額な医療費のかかる移植手術を、武美は最初から受ける意志はなかったという。完治はしないけれど、投薬で病気の進行を遅らせることはできる。武美は、迷いなくその方法を希望したという。その話を聞いて、武美の家で朝食をともにしたとき、複数の薬を飲んでいたことを思い出した。

ただし、突発的に症状が悪化するかもしれない。心臓にできた血栓が剝《は》がれて血管に詰まり、脳梗塞《のうこうそく》を起こすかもしれない。どんなに気をつけても、絶対に何も起こらないとは言えない。健康の不安を日常的に抱えながら、武美はこの十数年を生きてきたのだ。

そして、ついに、もっとも恐れていたことが起こってしまった。

講演会の準備や秋の進路指導に追われていた武美は、ここ二週間は土日も出勤し、毎日終電で帰ってくる、という日々だった。夕食もろくに食べていないようだったので、お義母さんは夜食を準備してから、さきに休むようにしていたという。きのうも武美は出勤して、遅くまで講演会のための最後の準備をしていたらしい。

午前一時過ぎ、台所で大きな物音がしたのに気づき、一階の寝室にいたお義母さんは飛び起きた。台所へ飛んでいくと、武美が倒れていた。意識がなく、すぐに救急車を呼んだが、病院へ搬送されてまもなく息を引き取ったという。

お義母さんは、淡々と、ごく静かな口調で、武美の最期の様子を語って聞かせてくれた。おだやかな顔で眠るように逝《い》った、と。

「そんな……」と私は、ようやく声を絞り出した。どうしようもなく情けない声だった。

「私、行きます。病院へ行かなくちゃ。……武美ちゃんに会いに」

思わず言葉がこぼれ出た。考えてみれば、それは当然のことだった。

なんで私、こんなところにいるんだ。いますぐ、武美に会いに行かなくちゃいけないのに。

あやまらなくちゃいけないのに。

講演会の準備のために、無理をしたんだ。それできっと、無理がたたって、武美は……。

お義母さんは、私をみつめたままだ。そして、おだやかな声で言った。

「いいえ。アユコ先生には、ここにおってもらわんとおえんのです。それがあの子の夢じゃったんですもの。私は、それを伝えるためにここへきたんです」

武美が、どれほど今日のこの日を指折り数えて待ちわびていたか。

なあお義母さん、聞いてえな。うちの友だち、小日向アユコって人気マンガ家なんよ。日本中にようけえファンがおってな。マンガは映画化もされてな。でーれー売れっ子なんよ。

ほんで、今度の創立記念日に、講演会してもらえんかなあ思うて、「荻原一子」の名前で手紙を出したんじゃ。昔の名前で手紙を書くのん、ちぃと照れくさかったけぇ。ほしたらな。返事がきたんじゃ。喜んでお受けします、言うてな。ああもう、信じられんわ。

お義母さん、うち、叫んでもええ？　友だちの名前、呼んでもええ？

ちょっと騒ぎてえ気持ちなんじゃもん。

あゆ。うれしいっ。待っとるで。絶対来てえなっ。

「そんなふうにはしゃいでから、まあ、もう子供みたいに……何度も何度も、あゆ、あゆ、言うて、先生の名前を呼んどりました」

お義母さんは、まっすぐに私をみつめたまま、思い出し笑いを浮かべた。その拍子に、目もとに深い皺が寄り、その上を、涙がひとすじ、こぼれるのが見えた。その瞬間に、目の前がかすんで、お義母さんのやさしい泣き顔が急に見えなくなってしまった。

きっともう、うちのことなんか、あゆは思い出すことないんじゃろうなあ。

でもなあ、お義母さん。あゆは、うちの友だち。うちの人生で、いちばんの友だちなんよ。

昔も、いまも。ずうっと、変わらん。

友だちなんよ。

十六歳、春、三月二十日。

白鷺女子高の卒業式兼終業式の朝、私は寝ぼけ眼で、真っ白なリボンにアイロンをあてていた。

入学式、創立記念日、卒業式など、学校の特別な行事のときに、セーラー服のカラーに結ぶ式典用の白いリボン。いつもの深緑色のリボンにはアイロンを力いっぱいあてて変色させるのが「ツウ」のおしゃれだ。だけど、白いリボンを茶色くしたらカッコ悪い。気をつけていたつもりだったけど、ほとんど徹夜でマンガを描きつづけていたから、頭がぼうっとしてしまった。「ちょっと鮎子、焦《こ》げてるわよ！」と母に言われて、気づいたときは遅かった。

見事、リボンの先っぽがチョコレート色に変わってしまった。「あらまあ」と母はすっかりあきれている。

「どうせまた徹夜して、ぼうっとなってたんでしょ？　まったく、勉強もほどほどになさいよ」

嫌味を言われてしまった。もちろん、私が夜を徹して取り組んでいるのは勉強でなくてマンガなのだと母はわかっている。私はしかたなく、ペロティチョコよろしく白と茶色になってしまったリボンをセーラーカラーに結んで、ぱんぱんに膨らんだ学生鞄を提げると、「いってきまあす」と玄関を出た。

庭先に停めた自転車を押し出す。どこからか甘いジンチョウゲの香りが漂ってくる。その香りを全部吸いこむ勢いで、私は大きく深呼吸をした。

今日こそ、武美と話をする。

武美に見てもらうんだ。『ヒデホとあゆの物語』、完結編。

その日の明け方、私が中学時代から描き続けていたマンガ『ヒデホとあゆの物語』が完結した。三年近く、毎日毎日、ずっと描いていたから愛着があったし、永遠に終わらないんじゃないかって自分で思っていた。このマンガが終わってしまったら、自分のすべてが終わってしまうようで、なんだか怖かった。

マンガを描き続けるあいだ、作中の恋人・ヒデホ君がほんとうにいるような、いやそれどころか、ほんとうに彼と付き合っているような気がして、自分の心も体も何もかもヒデホ君に捧げるんだ、と思いこんでいた。特大の模造紙をつなげて等身大の「ヒデホポスター」なるものまで作成し、壁に貼って、へばりついたりキスしたり。毎朝私を起こしに部屋へ入ってくる母は、日々よれよれになるポスターを見て、ヘンな子だ、と思っていたことだろう。二次元の世界の男に、しかも自分で生み出したキャラクターに恋してるなんて、さすがに親には打ち明けられなかったけど。母はなんとなく気づいていて、「鮎子は勉強じゃなくて、空想の世界に入っちゃってるからね」などと、ときどき父にぼやいていた。

マンガの世界、イコール私が生きてる本当の世界。ヒデホ君、イコール私のすべて。夢見がちな少女だった私が作り上げた世界。誰にも知られない、私だけの宇宙だと思っていた。

それなのに、その深遠なる宇宙に、いとも大胆に、かつあっさりと入ってきたのが武美だった。

武美は本気で私が創り出したキャラクターに恋をした。二次元とわかっていて恋をしたんじゃない。彼がリアルに存在すると信じて、私が描いたり語ったりする彼に恋をしたのだ。

私はうれしくもあり、同時に怖くもあった。武美という友人、きれいで、きっぷがよくて、ちょっと陰があって、誰よりまっすぐな友だちを得られた喜び。一方で、あまりにもヒデホ君にのめりこむ武美の情熱、そして私自身のマンガの持つ力に、ときどき怖くてたまらなくなった。

だから、なのだろうか。生身の男の子、淳君に恋をしたのは。武美のヒデホ君に対するあまりのまっすぐさに、心のどこかで重圧を感じていたのかもしれなかった。

それで結局、失ってしまったのだ。初めての恋と、親友を、いっぺんに。

クリスマスからずっと、武美と私のあいだには、ワダカマリという名の奇妙な岩がごろりと転がったままだった。私が近づこうと思えばそっちの方向へごろり、話しかけようと思えばまたそっちへごろり。ごろりごろりと阻《はば》まれて、私たちのあいだの距離はちっとも縮まらず、それどころか、どんどん武美は遠ざかってしまうように思えた。

どうしたらいいんだろう。

私は考えた。考え抜いた。考え抜いて、マンガを描き続けた。マンガの中で決着をつけよう。そしてそれを武美に見せよう。結局それが私にできることのすべてなのだから。

そう決心してから、終業式のその朝までに描き上げようと、私は自分の持てる力のすべてと友情の一切をこのマンガにこめた。

物語の結末は、自分でも予想もしない方向へと向かった。

ほんとうはお互いに魅かれ合っていたヒデホと孝美。けれどふたりとも、あゆの気持ちを思いやって、なかなか自分にすなおになれない。そんなふたりを近づけるためには自分がいなくなればいいんだ、とあゆは思い詰める。そして、鶴見橋から旭川に身を投げようとする。あゆを止めようと懸命に走る孝美。あゆ待って、死なないで！　と泣きながら友の名を呼ぶ。欄干を越えて、あゆが川に飛びこもうとしたそのとき――

あゆの背中を抱きしめたのは、ヒデホだった。ヒデホは、あゆと孝美に告げる。

ごめん、あゆ。ごめん、孝美。

いままで言わなかったけど、おれは、君たちの空想の中で、君たちの愛をエネルギーにして生きていた男なんだ。

君たちが、現実の世界の何よりもおれのことを大切に思ってくれているあいだは、おれは生きていられた。けれど、現実の世界でおれよりももっと大切なものをみつけた瞬間、消えていく運命だったんだ。

いま、君たちは、この世でいちばん大切なもののひとつをみつけた。

それは、友だち。

あゆには孝美が、孝美にはあゆがいる。現実の世界で愛する人をお互いにみつけるまで、いや、みつけてもずっと、君たちの友情はこわれることはないんだよ。

おれは、もう行くよ。君たちに会えて幸せだった。もう二度と会えないけど、わかってほしい。空想の恋人を愛するよりも、大切なことを――。

そう告げて、ヒデホは欄干から川へと身を投げる。そして空中で泡のように消えてしまうのだった。

ヒデホが消えていくコマと、鶴見橋であゆと孝美が手をつないで涙を流すコマ。そのコマがある二ページは、自分の涙でゴワゴワになってしまった。

ずいぶん調子のいい話だ。まるで、武美に言い訳しているみたいな。

けれど、そのとき、「こうなるのがいちばんいい」と信じて描いた結末だった。

武美に読んでほしかった。もしも受け入れてくれたら、ちゃんと打ち明けよう。ヒデホ君は空想の恋人だったの、と。

でもね。私、現実の世界でいちばん大切なものを、ひとつ、ほんとうにみつけたと思うんだ。

友だち、という宝物を。

そんなふうに言うつもりでいた。きっと、受け入れてくれると信じて。

白鷺女子高の正門を、白いリボンをまだ冷たい春風になびかせて、女生徒たちが次々と通り過ぎてゆく。

重たい鞄を提げて、脈打つ胸をちょっと反《そ》らせて、私は教室に入った。武美はふだんと変わらず、クラスメイトに囲まれて、自分の席で談笑している。やっぱり、こっちをちらりとも見ない。

どうしよう。どんなふうに誘ったらいいのかな。

私は、胸の鼓動がいっそう高まるのを抑《おさ》えられない気分になった。

終業式が終わったら、どうにかして鶴見橋へ誘い出さなくちゃ。

どきどきするばかりで、結局声をかけられずに、一年生最後のホームルームが始まってしまった。

起立、礼、着席。先生が出席を取って、いつも通りに一日が始まるはずだった。ところが、出席を取り終わったあと、先生は一拍置いてから、「今日は、皆さんにお別れのおらせがあります」と告げた。

「秋本武美さん、前へ」

呼ばれて、武美が立ち上がった。私は、自分が名指しされたように、心臓が大きく波打つのを感じた。

教室中のまなざしが、教室の前へと出ていく武美に集まる。先生は、教室を見回して言った。

「秋本さんは、ご家庭の事情で、明日、広島へ引っ越すことになりました。今日が、シラサギへ来る最後の日です」

えっ。

私は息をのんだ。とたんに、教室がざわざわし始めた。嘘ぉ、知らんかったわ、信じられんわ、と級友たちが騒いでいる。驚いているのは、どうやら私だけではないようだ。行ってしまう？ ……武美ちゃんが？

そんな……。

高鳴る心臓の音が痛いくらいだった。頭の中で、がんがんと鐘が鳴り響いているようだった。

「秋本さん、クラスのみんなに、何かひと言ありますか」

先生が訊いた。武美は、まっすぐに前を向くと、はきはきと明るい声で言った。

「短いあいだじゃったけど、シラサギでみんなと一緒に過ごすことができて、でーれー楽しかったです。どこへ行っても……」

そこまで言って、一瞬、口ごもった。私は目を凝らして武美を見た。

武美ちゃんが……泣いてる？

が、武美は、澄んだ瞳をみんなに向けると、清々しい声で言葉をつないだ。

「どこへ行っても、この街がうちのふるさとじゃから。いつか、きっとまた帰ってきたいって思うてます。それまで、みんな元気で。ありがとう」

茶色い髪を揺らして、武美は頭を下げた。ほんの数秒、教室がしんと静まり返った。ほんとうに、水を打ったように。

誰かが拍手をした。それを潮に、拍手の波が徐々に広がり、やがて教室いっぱいに広がった。武美は前を向いたまま、微笑んでいた。その瞳に涙はなかった。

私だけに教えてくれなかったわけじゃない。この春限りで行ってしまうことを、武美は誰にも打ち明けなかったのだ。

家庭の事情、と先生は言った。どんな事情があったのかわからない。ずっとこの街にいたい、シラサギにいたいと願っても、きっと武美にはどうすることもできない事情だったに違いない。

悩みも、葛藤《かっとう》もしただろう。けれど武美は、それを受け止めて、今日を迎えたのだ。級友たちに別れを告げるこの日を。

決して弱音を吐かず、寂しそうな顔ひとつせずに。

私の友は、最後までとても凛々《りり》しかった。そしてやっぱり泣けるほど美しかった。

情けないのは私だった。拍手の輪に加わることもできず、武美の顔を正視することもままならなかった。私はただ、だだをこねてうずくまる子供のように、しかめっ面をして、涙をこぼすまいと、必死に机の上をにらんでいた。

机の上には落書きがあった。私が鉛筆で描いたヒデホ君の横顔と、その横に武美がカッターで刻んだたどたどしい文字が。

シラサギ1年Z組　WE ARE でーれーガールズ

きっともう、武美とここで会うことはないだろう。

そうとわかっていても、私は、鶴見橋へ行かずにはいられなかった。

橋の上にはいいにおいの風が吹いていた。咲きこぼれるジンチョウゲの花、のどかな日差しに温《ぬる》んだ川面。春のかけらの匂いが風に乗って漂っていた。

橋の真ん中に、ひとり、私は佇んでいた。空っぽの体の中を川風が吹き抜けていく。

ほんとうは心の奥底で期待していた。ひょっとして、武美が最後にここで待っててくれるんじゃないか、って。

けれど、橋の上では、暇そうなおじいさんが欄干の上に頬杖をついて、遠くの岡山城を眺めているだけだった。やがてそのおじいさんも、後楽園のほうへ向かって歩いていってしまった。

足もとに学生鞄を置き、欄干に上半身を乗り出して、私は思いを巡らせた。

武美とふたり、この橋の上で、いろんな話をしたっけなあ。

いちばんの話題は、なんと言ってもヒデホ君。きのうヒデホ君から電話があってね、こんなこと言われちゃった、と武美に打ち明けたっけ。そのたびに、武美は、はあ、ってため息をついて、ええなあ、ヒデホ君、でーれーかっこええわあ、と夢見るようにつぶやいていた。

うちもいつか、あゆみたく、誰かに恋するんじゃろうか。でもって、結婚して、お母さんになるんかなあ。

武美ちゃんは、すっごくきれいなお嫁さんになるよ。それで、けっこう厳しくて、かっこいいお母さんになるよ。授業参観のときに教室に入ったら、あのきれいなお母さん、誰のお母さん？って、子供たちがわくわくしちゃうような。

なんじゃそりゃ。あはは。具体的じゃなあ。でも、うちの場合は彼氏をみつけるところから始めんとおえんから、そねえなお母さんになるのなんて、いったいいつのことになるやらわかりゃあせんわ。

大丈夫大丈夫、武美ちゃん、でーれーモテるって。すぐに彼氏できるって。ヒデホ君だって、きっと、武美ちゃんに会ったら好きになっちゃうかもしれないんだから。

何ゆうとるん、アホ！　ヒデホ君にはあゆがおるんじゃけえ、そんなことあるわけねぇが！　それよか、ふたりの結婚式にはうちを呼んでくれんとおえんよ。なああゆ、約束じゃからな。うち、何着ていこうかな。振り袖かな、ドレスかな？　ああ、そのときにはヒデホ君に会える思うたら、いまから緊張してしまうわあ。

思い出すうちに、くすっと笑ってしまった。

あのときの武美ちゃん、ほんとにうれしそうだったなあ。まるで自分がヒデホ君と結婚するって決まったみたいに。

私たち、あのときのままで、今日を迎えられたらよかった。

そうしたら私、言えたのに。広島だろうとどこだろうと、どこに行っても、私たち、ずっと友だちだからね、って。

私の結婚式には武美ちゃんを呼ぶよ。その代わり、武美ちゃんの結婚式にもきっと呼んでね。いっぱいいっぱい、お祝いするから。

どこに行っても、誰に恋をしても。誰かのお嫁さんになって、お母さんになっても。

私たち、ずっとずっと友だちだからね。

ふいに涙がこみ上げてきた。友だちだからね、と口に出して言ってしまった瞬間に。

少し強い風が吹いて、セーラーカラーに結んだ白いリボンの先、焦げてチョコレート色に変色した先っぽが、かさっと音を立てた。

「それ、誰に向かって言うとるん？」

背中のほうで、なつかしい声がした。胸を鳴らして、後ろを振り向いた。私は、目を見張った。

びっくりするぐらいすぐそばに、武美が立っていたのだ。白いリボンを春風に揺らしながら。

「どっかの弱虫が、弱音を吐いてる気がしてなあ。来てみたら、やっぱりね」

ふふっと笑って、私の隣へ来ると、欄干にもたれて武美が言った。私は、あわてて目をこすると、「へえ、どこどこ？　どこにそんな弱虫がいるの？」と、わざときょろきょろして見せた。武美は、あはは、といつかのように、気持ちのいい笑い声を立てた。

「なんだかなあ。最後にここへ来たら、おるような気がしてな。……あゆと、ヒデホ君が」

私は、体をこわばらせて武美を見た。やっぱり来てくれたといううれしさと、もう明日から会えないという寂しさと、結局自分は嘘つきのままだという苦しさが、ごっちゃになって爆発しそうだった。

武美は、欄干にもたれたままで、ずっと遠くの空を見ている。まるで、遠ざかるヒデホ君の後ろ姿を追いかけでもするように。淡い夕焼けが、白く透き通った横顔を照らしている。いつも憧れていた美しい横顔。

私は、心を決めて、足もとに置いていた分厚い学生鞄を持ち上げた。

「武美ちゃん、私ね。……見てもらいたいものが、あるの」

そう言って、鞄の中から何冊ものノートをごっそりと取り出した。「これ……」とノートをまとめて差し出そうとすると、

「うちもな。あゆに見てもらいてえもんが、あるんよ」

さえぎるように武美が言った。そして、自分の鞄の中から、「これ、長いこと借りてしもうた」と、『ヒデホとあゆの物語⑴』のノートを欄干の上に載せた。

「それから、これも……見てほしいんじゃ」

欄干の上にすっと左腕を載せると、セーラー服の袖口をするりとめくった。

あ……。

私はぽかんと口を開けた。武美の白い手首に、赤黒い引っかき傷が現れたのだ。

ヒ…デ…ホ。傷は、あの人の名前のかたちそのままだった。

「あほじゃろ。うち、なんだかたまらんようになって、こんなことしてしまったんじゃ。うち、ほんまに好きになってしもうたんよ。ヒデホ君のこと」

おかんに新しい恋人ができた。おかんはその人が好きで好きで、どうしても一緒にいたいって。だから、その人が住む広島に行くことになった。

おかんがその人を好きな気持ちと、うちがヒデホ君を好きな気持ち。どっちが強《つえ》えじゃろ。うち、くらべてみたんじゃ。あほじゃろ、そんなん、くらべられっこないのに。

あゆには新しい彼氏ができたみたいじゃし、うち、ヒデホ君に告白して、ヒデホ君と一緒に生きていけんじゃろうか。そんで岡山に残って、あゆやクラスのみんなとシラサギに通って、いままで通りに暮らしていけんのじゃろうか。

そんなこと、できるわけねえのにな。

うち、おかんとおかんの恋人の邪魔にならんじゃろうか。うちがヒデホ君を好きになったら、あゆを、ヒデホ君を困らせんじゃろうか。

うち、いなくなったほうがええんじゃなかろうか。

そんなふうに思って、たまらん気持ちになって、自分で自分を傷つけてしまった。

手首を切って、ひと思いに死んでしまおう。そう思った。なのに、いくじがなくってな。こんなふうに、あの人の名前をカッターの刃でなぞっただけ。

死ねなかった。あほじゃろ。ほんで、情けなくずるずると今日まで生きてしまったんよ。

「なあ、あゆ。ヒデホ君に会わせてよ。ほんまに好きなんよ。どんだけ好きか、会ったらこれ、見せたいんよ」

傷口を突きつけられて、私は言葉を失った。

まさか、武美が死のうとしていただなんて。自分を傷つけてまで、ヒデホ君への愛を貫こうとしてただなんて。

この傷をつけたのは、武美じゃない。私だ。

私は――私は、なんということをしてしまったんだろう。

すっかり凍りついてしまった私は、どうすることもできずに、無言のまま武美の手首をみつめ続けた。武美は私の様子をうかがっているようだったが、「なあんてね」と、急に明るい声を出した。

「言うてしもうて、すっきりしたわ。最後に、ほんまにうちがヒデホ君のこと好きだったって、あゆに打ち明けたかったんじゃ。ただ、それだけ」

そう言って、「ごめんな」とつぶやいた。

「ごめん。……あゆの恋人を、好きになってしもうて」

私は、雨に濡れた子犬のように頭を振った。それから、腕に抱いていたノートの束《たば》を欄干の上に置くと、震える両手を差し伸べて、こわれものに触るように、武美の白い手首をそっと包んだ。

春風に冷えきったはずの手首は不思議にあたたかかった。私は、あのとき、確かに言おうとした。ヒデホ君をあなたに会わせてあげたい、だけど、あのひとは、どこにもいない人なんだよ――と。けれど、ふと、どこかからあのひとの声が聞こえたのだ。

いいんだよ、あゆ。いまはまだ、言わなくてもいいんだ。

いつか、そのときがくるから。いつかまた、きっと武美に会えるから。

武美と私の両手、四つの手と手は、いつしかしっかりと握り合っていた。

いま、この瞬間を呼吸し、生きている、あたたかな手と手。このさき一生忘れないだろう、友だちのやさしくて不器用な手。結び合った手から、とくんとくんと鼓動が伝わってくる。私たちが生きている証《あかし》の鼓動が。

その一瞬、橋の上を強い風が吹き渡った。私たちの制服のリボンと、スカートの裾と、欄干の上に武美が載せたノート、その横に積み上げていたノートの束を揺らして、突風が通り過ぎた。一番上のノートがぱらぱらと勢いよくめくれた。次の瞬間、バランスを崩したノートの束が、ぱさぱさと白い鳩《はと》が羽ばたくように、川面めがけて次々と落下していった。

武美と私は、息を止めてそのシーンをみつめた。まるで、スローモーションのように、すべてのノートのすべてのコマが私たちの目の前で飛び交うのが見えた。ヒデホ君とあゆが出会ったコマ、ヒデホ君が孝美とくちづけするコマ、ヒデホ君が水面に消えていくコマ、泣きながら手をつなぐあゆと孝美のコマ。ひとつひとつが、鮮明に、ゆっくりと、永遠のような一瞬をかたち作って、川面へと舞い降りていった。

「あーあ。行ってしまった、ヒデホ君」

欄干の上に大きく身を乗り出して、武美が言った。私は鞄の中を探って、一枚の紙切れを取り出した。

「ここに、残ってるよ」

それは、武美のために特別に鉛筆で描いた、ヒデホ君のポートレートだった。

「なに？　うちにくれるん？」武美は瞳を輝かせた。私はうなずいた。

「私たちのために、マフラー、プレゼントしてくれたよね。これ、渡しそびれてた……私たちからの、クリスマスプレゼント」

お別れのプレゼント、とは言いたくなかった。武美は、紙の中の私の恋人を胸にそっと抱きしめた。いとおしそうに。

「ほんじゃ、うち、行くけえ」

元気よく武美が言った。私は、うん、とうなずいた。

「わかった。じゃあ、私も」

「ついてこんでよ。うち、ひとりで行くんじゃけえ」

ひとりで、と言われて、鼻の奥が急につんとなった。涙がこみ上げる。気づかれたくなくて、私も思い切り元気よく返した。

「それはこっちのセリフよ。私だってひとりで行くんだからね」

武美は、私をじっとみつめた。瞳がうるんで揺れている。泣き出すかと思いきや、とびきりの笑顔になって、武美は告げたのだった。

「わかっとるって。じゃあね」

くるりと私に背を向けると、橋の向こう、後楽園のほうへと走り出した。その背中が遠くなる。もう振り向かない。どんどん小さくなる。

橋の真ん中に突っ立ったまま、私は、武美ちゃん！　と心の中で、友だちの名前を呼んだ。

声にして、叫びたかった。いつかきっと、また会おうね。そう言いたかった。

意地っ張りの武美。不器用な私。

最後の最後まで、涙を見せずに。手と手を結び合い、笑顔を交わし合って。

鶴見橋の、あっちとこっち。それが、三十年まえ、武美と私がそれぞれに歩んでいった道だった。

白鷺女子高等学校、体育館。

制服のセーラーカラーにまぶしい白のリボンをつけた女子生徒五百余名が、パイプ椅子にきちんと着席している。

私の目の前に、ずらりと並んだ顔、顔、顔。

すがすがしい十六歳、十七歳、十八歳の瞳。まっすぐに壇上の私をみつめている。

会場前方の来賓《らいひん》席、同窓生席には、涙に濡れ、不安に揺れる瞳が並ぶ。

目を真っ赤に泣きはらしたみずの。涙がずっと止まらず、鼻をすすっている。今朝会ったときから、ずっと。

白鷺女子高の校長、熊田朝子《くまだあさこ》先生。沈痛な面持ちで、祈るように両手を膝の上で組んでいる。

事務局長の徳永美智子《とくながみちこ》先生。やっぱり重たい表情で、こちらを見上げている。

乙男《オトメン》編集者、荒川雄哉。捨てられた子猫のように不安そうな顔で、私を一心にみつめている。

そして、武美のお義母さん。しゃんと背筋を伸ばし、しっかりと前を向いている。悲しみにふさぎこむことなく、毅然とした態度は、たとえ血がつながっていなくても、ほんとうの武美の母親なんじゃないかと思えるほど凛々しい。

もとシラサギの一年Z組の同窓生の仲間たち。ユリちゃん、マコ、アケミ、タカちゃん、堀田。ああ、白髪頭の中谷先生もいる。

みんな、みんな。すぐにでも、この場を飛び出して駆けつけたいはずなのに。武美が、たったひとり、永遠の眠りについた病室へ。

誰よりも、私がそうだった。講演会なんてもうどうでもいいから、飛んでいきたかった。武美のもとへ。

シラサギに到着直後、どうしようもなく動揺して打ちのめされていた私を、力の限り抱きしめて、「いま行っちゃおえん！」と泣き叫んだのは、みずのだった。

おえん、おえん。絶対に。あゆ、講演会をやり切られ。じゃなかったら、武美の願いはどうなるん？

この講演会を成功させて、もういっぺん一年Z組のみんなで集まるんじゃ、って言うった武美の夢はどうなるん？

休みも取らずに、ずうっと残業してがんばった武美の努力はどうなるん？

行っちゃおえん、あゆ！　ひとりでなんか、行っちゃおえん！

みずのは、わあわあ泣いた。なりふり構わず、幼い少女のように。その涙に誘われて、みんな、泣いた。校長先生も、事務局長も、ほかの先生がたも。

アユコ先生。どうか娘の思い、受け止めてやってください。

そう言って、もう一度、深く頭を下げたのは、武美のお義母さんだった。

実の娘同然に愛情を注ぎ、ともに暮らした武美が他界して、いちばん悲しんでいるはずの人。そしていまいちばん、武美のそばに付き添っていたいはずの人だった。

どうかあの子を、みなさんで送ってやってください。

ひとりで逝かせないでください。

その言葉が、私の背中を押した。

そうだ。ひとりで逝かせてはならない。私たちみんなで、送り出してあげなければ。

この講演を、私から武美への——最後の送る言葉にするんだ。

盛大な拍手に迎えられ、スピーチの原稿を握りしめて、私は壇上に立った。

体育館は、静かな秋の海のようだった。生徒たちの胸もとの白いリボンは、波打ち際で泡立つさざ波のように輝いていた。私を見上げる幾多のまなざし。私は、落ち着こうと、何度も小さく深呼吸をした。

膝が抜けそうだ。手も震えている。原稿を広げて演台の上に置いた。岡山へ来るまえにどうにか練り上げた原稿。棒読みすればいいや、と思って、必死に書いた。マンガを描くようにスムーズにはいかなかったけれど、なんとか仕上げた原稿だった。

演台の上に広げた原稿を見て、私は息を止めた。

原稿は、真っ白だった。いや、目の前が真っ白で、何も見えなくなってしまったのだ。

私は息を止めたまま、正面を向いた。何かに導《みちび》かれるようにして。

体育館に集まった少女たち。その胸もとに舞い降りた、幾百もの白い鳩のようなリボン。そのいちばん後ろの列の真ん中に、ひとつだけ、深緑色のリボンがあった。

あ。

——あの子だ。

ほんの一時間まえ、鶴見橋で出会った女の子。私に、白いリボンを手渡してくれた。その代わりに、ちょっと黄ばんだ深緑色のリボンをつけて、じゃあね、と風のように走り去った、あの子。

もう一度、会えた。

そう思った瞬間、涙があふれた。けれど、ぐっとこらえて、自分の胸もとの白いリボンに指先で触れると、私は話し始めた。

「白鷺女子高のみなさん。三十年まえ、私がみなさんと同い年だったころ、私は、大切な友だちと、この街で別れました。彼女の名前は、武美ちゃん。それっきり、会うことはなかった。……おといまで」

そして、ひさしぶりに再会した彼女は、今朝、ひとりで旅立ってしまいました。

彼女とのお別れに、たったひとつだけ、したいことがあります。

静かな水面のようだった会場がざわざわと波立ち始めた。何言うとるん、いきなりヘンなの、さすがマンガ家じゃわ。女の子たちのそんな囁きが聞こえてくる。深緑色のリボンが、ゆっくりと立ち上がるのが見えた。私は、ただただその子をみつめながら、語りかけた。

「それはね。友だちの名前を呼ぶこと。思いっきり、大声で」

女の子が、ふっと出口のほうを向いた。私は演台の上のマイクをどけた。遠ざかろうとするその子を止めるかのように、私は思いっきり、大声で、友だちの名前を呼んだ。

女の子が振り向いた。私はもう一度、彼女の名前を呼んだ。そのときには、もうがまんできなくて、とうとう私は泣き出した。涙がとめどなくこぼれて、ほんとうにみっともなく、私は声を放って盛大に泣いた。

会場はいよいよどよめいた。パチパチと弾《はじ》ける拍手が、花火のように遠く聞こえる。やがて体育館いっぱいに、拍手の波が広がり、すっぽりと私を包みこんだ。

でーれー、ええ夢見せてもろうたが。

武美の声が耳もとで響いた。涙にかすむ目で、あわてて会場を見渡した。深緑色のリボンは、もうどこにも見えなかった。

そのかわりに見えたのは、幾多の制服のリボン、白く輝く鳩たちだった。いっせいに翼を広げて、体育館いっぱいに舞い上がっていく。

ただ一羽、私の胸もとに止まった白い鳩に、私はもう一度指先で触れた。それはあたたかく、鼓動しているようだった。いつか握りしめた、友だちの手にも似て。

解説　岡山への、なんと素晴らしきオマージュ

演出家・脚本家　源《みなもと》　孝志《たかし》

今、秋からの撮影の下見でイタリアを旅していて、トスカーナの片田舎の静かすぎる宿でこの文章を書いている。

私には妙な癖《くせ》があって、自分には縁もゆかりも無い異国の土地で、しばしば生まれ育った故郷のことを唐突に思い出してしまう。そこがヨーロッパであろうとアジアであろうと関係なく、火灯《ひとも》し頃の何とも言えない寂しさや、人家から上がる炊煙《すいえん》の匂い、舗装されていない田舎道の濁《にご》った水溜りの色……といった些末《さまつ》なものが、岡山にいた頃の記憶の断片を不意に甦《よみがえ》らせる。

その記憶はたいていの場合、取り返しのつかない恥ずかしさと、それ故《ゆえ》に忌避《きひ》すべきものとして切り捨ててきた後ろめたさにまみれている。そう、私には岡山出身であることをてらいなく誇《ほこ》れる同郷人たちへの抜きがたいコンプレックスがある。大学進学で念願の岡

山脱出を果たして以来、ずっと同窓会の通知を黙殺し続け、常に自分を岡山とは無縁の「異邦人」化してきた後ろ暗い過去があるのだ。

そういうことへの懺悔《ざんげ》の念もあって、三十代も終わりに近づいた頃に故郷を舞台にした書き下ろしのテレビドラマを撮った。自分の高校時代の記憶をベースにしたファンタジーホラーのような作品だが、その時でさえ、実際に高校時代を過ごした岡山市を避けて、父親の実家がある倉敷《くらしき》の街に巧妙に設定を置き換えた。おまけに全く無関係な矢掛《やかげ》や下津井《しもつい》でわざわざロケをするなど、周到に岡山市内を避けて撮影した。幸いにも、それが私の個人的な「岡山コンプレックス」のせいだとは、スタッフやキャストの誰ひとりとして気づかなかったが……。

岡山の街で自分の作品を撮影することなど、考えただけで恐ろしかった。街角のいたる所に、触れれば破裂するほど恥ずかしい青春の記憶が詰まっている。水を入れ過ぎたゴム風船に似ていなくもない。

奉還町《ほうかんちょう》の名画座で、十八歳未満お断りのATG映画をビクビクしながら観ていた自分。表町《おもてちょう》のブルースBARで観たライブにテンションが上がり、安物のウイスキーで前後不覚に酔いつぶれて、生ゴミ用のポリバケツの中で寝てしまった自分（岡山といえど冬の夜は寒い)。清輝橋《せいきばし》の歩道橋の下で、初めて付き合った女の子とコソコソと下手なキスをしている自分。

一番街《いちばんがい》の雑踏のど真ん中で、すっかりヤンキーになった中学時代の同級生に因縁《いんねん》をつけられ、いきなり殴《なぐ》られて様《ざま》もなく尻餅《しりもち》をついてしまった自分。

もうよそう。「恥ずかしいゴム風船」が本当に破裂してしまいそうだ。

そんなわたしに、よりによって『でーれーガールズ』の脚本の依頼がきた。いい機会かもしれない、と思って受けた。五十を過ぎて、いい加減この岡山コンプレックスをなんとかしなければ、十八歳までの自分が永遠にうかばれないだろう。

しかし脚本を書くとなれば、まずは原作を読まねばならない。そこには予想通り、満々と水をたたえた「恥ずかしいゴム風船」がポヨポヨと揺れる1980年の岡山が描かれていた。しかも原色で、かつ瑞々《みずみず》しく。

まだお目にかかったことはないが、原田マハさんは私より一学年下で、さらには小学校と中学校が同じという、こわいくらいに時代やカルチャーがかぶっている人だ。暮らしていたのも隣町。もちろんそのようなことはすべて最近知ったことで、当時は彼女の名前も存在も知らなかったのだが、「同じ場所で同じ空気を吸っていた人」ということになる。その彼女が詳細な記憶力と濃厚な愛情をもって自らの高校時代を赤裸々に描いている。しかも登場人物である少女たちは恐るべき岡山弁を話すのだ。読んで絶句した。私が封印し続けた禁断の青春時代が、三十数年の時を経てデジタルリマスター版で動き出したようなものだ。

この小説の舞台となった岡山市内の私立女子高校とは、原田さん自身の母校である山陽《さんよう》女子高等学校がモデルになっている。

山陽女子は明治十九年創立の由緒ある学校で、私などは「セーラー服の山陽女子」というイメージが強い。現在の制服はずいぶんと現代的なデザインに変わったようだが、原田さん在学当時は(つまり私の高校時代でもあるが)、濃紺のワンピースのセーラー服を腰のベルトでキュッと締め上げ、深い緑色のリボンを胸元で結ぶ禁欲的なスタイルで、岡山の街では否応なく目についた。

岡山は田舎だが、昔から子弟教育には熱心な土地柄で、明治の時代から女子の高等教育のための学校があった。公立学校の代表格が戦前まで『県立一女』とよばれた現在の岡山操山《そうざん》高校であるなら、私立の代表格は「愛と奉仕と感謝の精神」を校訓に掲《かか》げる山陽女子だろう。これは私の両親や祖父母の受け売りなので間違っていたらご容赦《ようしゃ》願いたいが、前者が教育者を養成する女子師範学校の色合いが濃かったのに比べ、山陽女子は良妻賢母になるための素養をつむお嬢様学校という印象が強い。特に岡山の街中で堅気《かたぎ》の商売をするような家の娘さんが通う、都会の(岡山においてだが)お嬢様学校……というのが、昔からの地元の評判だった。私の父方の家もかつては中山下《なかさんげ》という街中で料理旅館をしていたせいか、親戚には山陽女子のOGが多い。叔母や従姉《いとこ》たち、二人の妹も山陽女子のお世話になっている。

ゴールデンウィーク中のある日、脚本を書く前に岡山へ行き、山陽女子にお邪魔する機会を得た。かつて原田さんも、私の妹たちも通学に使った路面電車にわざわざ乗って訪れた。

岡山城の大手門があった中納言《ちゅうなごん》という交差点を過ぎると、門田屋敷《かどたやしき》というゆかしい名前の停留所があり、戦前は武家屋敷が軒《のき》を並べていた静かな住宅街の一角に、この乙女の園はある。

私は生まれて初めて妹たちが通った高校の中に入った。

私は絵に描いたような地方の保守的な家の長男であったから、当然両親や親戚からは特別扱いされていた。だから良くも悪くも妹たちのことには無関心だった。彼女たちも、例えば夕餉《ゆうげ》の食卓を囲みながら、自分たちの学校生活や友達のこと、好きな男の子の話をすることもなかった（よく考えれば思春期の少女が家族にそんな話をするわけもないのだが）。

というわけで、私は彼女たちがどういう青春時代を過ごしたのか全く知らない。互いに大人になってから、やっと腹蔵《ふくぞう》なく話をできる兄妹になったのだが、いいおばさんに今更初恋の話を聞く気にもなれず、未だに何も知らないままだ。

そんな次第で、普段は立ち入ることのできない、彼女たちが青春時代を過ごした学び舎《や》を見ることができて、ちょっとした感慨があった。

学校というのは特別な空間だと思う。高校時代は多感な時期だけあって、そこで過ごした生徒たちの「想い」のようなものが壁や廊下に重層的に塗り重ねられたような気配がある。私が訪れた当時、山陽女子は長年使われて来た校舎を取り壊し、新校舎の建設に取りかかる直前のタイミングで、幸いにも原田さんや私の妹たちが三年間を過ごした教室や図書館、体育館などを見ることができた。

女子校らしく校舎の中はどこも清潔で、階段や廊下の暗がりのひんやりとした空気が清々《すがすが》しい。祝日で人気《ひとけ》のない学校の廊下を歩いていると、目の前の角を曲がって不意に鮎子《あゆこ》や武美《たけみ》が現れそうな気がした。カメラを持った見慣れないおっさんに怪訝《けげん》な目を向けながらもきちんと会釈《えしやく》し、すれ違いざまにちらりと後ろを振り返る……そんな女子高生の姿がリアルに想像できた。それはとりもなおさず十六歳の原田さん自身であり、私の妹たちのかつての姿なのだ。

『でーれーガールズ』に限らず、原田さんの作品の深いところに存在するある種の品格のようなものと、彼女が三年間を過ごしたこの学び舎の持つオーラが、無関係であるとは思えない。

この、昭和の時代の乙女たちを育んできた伝統ある校舎で映画『でーれーガールズ』の撮影が行われるはずで、貴重な佇《たたず》まいを記録する最後の機会になるだろう。

原田さんが在学していた当時の「Z組」、いわゆる特別進学コースの教室も見ることができた。

教室の床は白木の板張りになっている。何十年もかけて経年変化し、薄い飴色《あめいろ》を帯びた美しい艶《つや》のある床だ。

この床は、季節ごとの大掃除の際、生徒たちの手で代々念入りに磨《みが》かれてきた。全員体操着に着替えての、なかなか気合いの入った作業だという。まず机や椅子をすべて廊下に出し、丹念に掃き掃除をした後、濡れた雑巾で水拭《みずぶ》きをする。乾いたら蠟《ろう》ワックスを塗り、最後に乾いた布で丁寧に磨きあげられる。

妹やその同級生の方々の話によれば、無事磨き終わると、購買部でミルクセーキやコーヒー牛乳を買って来て、広々とした教室に車座になって乾杯するのが無上の愉《たの》しみだったという。自分たちで磨き上げた白木の床に寝転んで見上げる教室の天井はさぞ高く、晴れ晴れとした気分だったに違いない。

原田マハさんもこの床を丹念に磨いた数えきれない少女たちの一人だと思うと、急に親近感が湧《わ》いてきた。

夢と希望にあふれ、それゆえ同等の不安や畏《おそ》れも胸に抱いたセーラー服の少女たちの物語。原田さんの筆は、それを実に誠実に、愛情深く、少女たちと同じ目線で描いている。

二〇一四年　八月　イタリアの僻地にて

（この作品『でーれーガールズ』は平成二十三年九月、小社より四六判で刊行されたものです）

〈協力〉　株式会社　周地社
学校法人　山陽学園

一〇〇字書評

切り取り線

購買動機（新聞、雑誌名を記入するか、あるいは○をつけてください）	
□（　　　　　　　　　　）の広告を見て	
□（　　　　　　　　　　）の書評を見て	
□ 知人のすすめで	□ タイトルに惹かれて
□ カバーが良かったから	□ 内容が面白そうだから
□ 好きな作家だから	□ 好きな分野の本だから

・最近、最も感銘を受けた作品名をお書き下さい

・あなたのお好きな作家名をお書き下さい

・その他、ご要望がありましたらお書き下さい

住所	〒				
氏名		職業		年齢	
Eメール	※携帯には配信できません	新刊情報等のメール配信を 希望する・しない			

この本の感想を、編集部までお寄せいただけたらありがたく存じます。今後の企画の参考にさせていただきます。Eメールでも結構です。

いただいた「一〇〇字書評」は、新聞・雑誌等に紹介させていただくことがあります。その場合はお礼として特製図書カードを差し上げます。

前ページの原稿用紙に書評をお書きの上、切り取り、左記までお送り下さい。宛先の住所は不要です。

なお、ご記入いただいたお名前、ご住所等は、書評紹介の事前了解、謝礼のお届けのためだけに利用し、そのほかの目的のために利用することはありません。

〒一〇一-八七〇一
祥伝社文庫編集長　坂口芳和
電話　〇三（三二六五）二〇八〇

祥伝社ホームページの「ブックレビュー」からも、書き込めます。

http://www.shodensha.co.jp/bookreview/

祥伝社文庫

でーれーガールズ

平成26年10月20日　初版第1刷発行

著　者　原田《はらだ》マハ
発行者　竹内和芳
発行所　祥伝社《しょうでんしゃ》
東京都千代田区神田神保町3-3
〒101-8701
電話　03（3265）2081（販売部）
電話　03（3265）2080（編集部）
電話　03（3265）3622（業務部）
http://www.shodensha.co.jp/

印刷所　錦明印刷
製本所　積信堂
カバーフォーマットデザイン　芥 陽子

Printed in Japan ©2014, Maha Harada　ISBN978-4-396-34070-4 C0193

祥伝社文庫の好評既刊

飛鳥井千砂　君は素知らぬ顔で

気分屋の彼に言い返せない由紀江《ゆきえ》。徐々に彼の態度はエスカレートし……。心のささくれを描く傑作六編。

安達千夏　モルヒネ

在宅医療医師・真紀《まき》の前に七年ぶりに現れた元恋人のピアニスト・克秀《かつひで》は余命三ヵ月だった。感動の恋愛長編。

安達千夏　ちりかんすずらん

「血は繋がっていなくても、この家で女三人で暮らしていこう」――祖母、母、私の新しい家族のかたちを描く。

五十嵐貴久　For You

叔母が遺した日記帳から浮かび上がる三〇年前の真実――叔母が生涯を懸《か》けた恋とは？

井上荒野　もう二度と食べたくないあまいもの

男女の間にふと訪れる、さまざまな「終わり」――人を愛することの切なさとその愛情の儚《はかな》さを描く傑作十編。

桂　望実　恋愛検定

片思い中の紗代《さよ》の前に、神様が降臨。「恋愛検定」を受検することに……。ドラマ化された話題作、待望の文庫化。

祥伝社文庫の好評既刊

加藤千恵　映画じゃない日々

一編の映画を通して、戸惑い、嫉妬、希望……不器用に揺れ動く、それぞれの感情を綴った八つの切ない物語。

近藤史恵　カナリヤは眠れない

整体師が感じた新妻の底知れぬ暗い影の正体とは？　蔓延する現代病理をミステリアスに描く傑作、誕生！

近藤史恵　茨姫《いばらひめ》はたたかう

ストーカーの影に怯《おび》える梨花子《りかこ》。対人関係に臆病な彼女の心を癒《いや》す、繊細で限りなく優しいミステリー。

小路幸也　さくらの丘で

今年もあの桜は、美しく咲いていますか――遺言によって孫娘に引き継がれた西洋館。亡き祖母が託した思いとは？

白石一文　ほかならぬ人へ

愛するべき真の相手は、どこにいるのだろう？　愛のかたちとその本質を描く第一四二回直木賞受賞作。

瀬尾まいこ　見えない誰かと

人見知りが激しかった筆者。その性格が、出会いによってどう変わったか。よろこびを綴った初エッセイ！

祥伝社文庫の好評既刊

豊島ミホ　夏が僕を抱く

綿矢りささん絶賛！　それぞれの思い出の中にある、大事な時間と相手。淡くせつない、幼なじみとの恋を描く。

中田永一　百瀬、こっちを向いて。

「こんなに苦しい気持ちは、知らなければよかった……！」恋愛の持つ切なさすべてが込められた、みずみずしい恋愛小説集。

中田永一　吉祥寺の朝日奈くん

彼女の名前は、上から読んでも下から読んでも、山田真野……。愛の永続性を祈る心情の瑞々しさが胸を打つ感動作。

藤谷　治　マリッジ：インポッシブル

二十九歳、働く女子が体当たりで婚活に挑む！　全ての独身女子に捧ぐ、痛快ウエディング・コメディ。

本多孝好　FINE DAYS

死の床にある父から、三十五年前に別れた元恋人を捜すよう頼まれた僕は……。著者初の恋愛小説。

三崎亜記　刻まれない明日

十年前、理由もなく、たくさんの人々が消え去った街。残された人々の悲しみと新たな希望を描く感動長編。

祥伝社文庫の好評既刊

平 安寿子　**こっちへお入り**

三十三歳、ちょっと荒んだ独身ＯＬの江利《えり》は素人落語にハマってしまった。遅れてやってきた青春の落語成長物語。

谷村志穂　**おぼろ月**

本当に人を愛したことのある人には、敵わない……。深夜に独りの女性の内面を垣間見る表題作他、傑作恋愛小説集。

小池真理子　新装版 **間違われた女**

一通の手紙が、新生活に心躍らせる女を恐怖の底に落とした。些細《ささい》な過ちが招いた悲劇とは——。

小池真理子　**会いたかった人**

中学時代の無二の親友と二十五年ぶりに再会……。喜びも束《つか》の間《ま》、その直後からなんとも言えない不安と恐怖が。

小池真理子　**追いつめられて**

優美には「万引」という他人には言えない愉しみがあった。ある日、いつにない極度の緊張と恐怖を感じ……。

小池真理子　**午後のロマネスク**

懐かしさ、切なさ、失われたものへの哀しみ……幻想とファンタジーに満ちた十七編の掌編小説集。

祥伝社文庫の好評既刊